당신에게

좋은 일이 있을 것입니다

당신에게 좋은 일이 있을 것입니다

오휘명 에세이

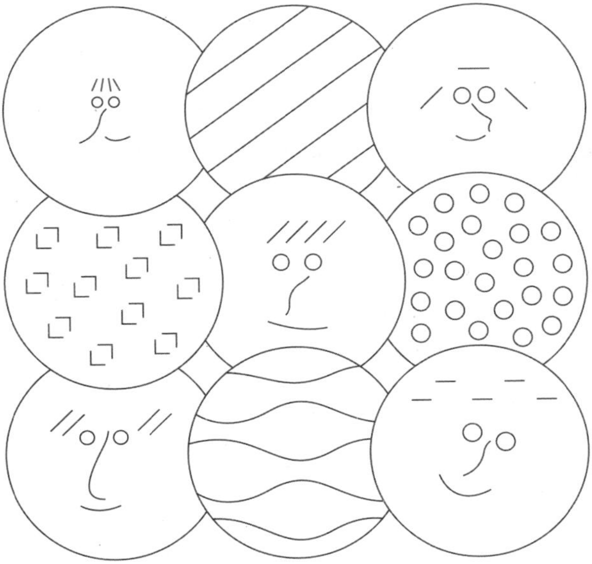

히읏

프롤로그

저는 앵무새를 기르고 있습니다. 작고 노란, 앵무새보단 오히려 병아리의 모습에 더 가까운 아이입니다. 시간은 역시나 참 빠르네요. 이 아이가 우리집에 들어온 지도 십 년이 돼가고 있으니까.

몇 주 전에는 이 아이를 손가락 위에 올려두고 이리저리 살펴보다가 깜짝 놀랐습니다. 한 번도 그런 적이 없는데, 왼쪽

눈 주변이 빨갛게 부어 있는 거예요. 어떡하지, 뭐가 잘못된 거지, 못 보던 사이에 어디서 다친 건가 싶어서, 부랴부랴 인터넷에 이런저런 검색어들을 적어보기 시작했습니다. 아직까지도 정확히는 그 정체와 이유를 알지 못하고 있지만, 아마도 결막염 비슷한 병에 걸린 것 같았습니다. 비타민이 풍부한 과일과 채소를 많이 먹여주고, 평소보다도 푹 재워주면 괜찮아질 수도 있다고 하기에 얼른 이것저것을 챙겨주기 시작했습니다. 평소보다 이른 시간에 새장에 이불을 덮어주면서는 '제발 내일 아침에는 괜찮아져 있으면 좋겠다'라는 생각을 수도 없이 했습니다.

침대에 누워 조금 더 알아보니, 앵무새와 같은 작은 동물들은 천적들의 표적이 되지 않기 위해 아파도 아픈 내색을 하지 않는다고 하더군요. 그러니 아픈 게 눈에 또렷하게 보이기 시작할 때는, 이미 많이 병이 진행돼버린 것일 수도 있다고. 그 글을 읽고는 마음이 더 무거워졌지만, 정말 다행히도 다음날 새의 눈가는 말끔히 나아져 있었습니다.

눈물이 많아졌다는 것을 뒤늦게 알았습니다. 불과 며칠 전에는 택시를 타고 어디를 갈 일이 있었는데, 기사님께서 건네신 시시콜콜한 '고생하시네요'라는 말이 마음에 와닿아서, 목적지에 내리고 나서도 한참을 훌쩍거렸습니다. 꽤나 힘들어하고 있었던 거예요. 내게도 슬퍼할 수 있는 마음이 있다는 걸, 어쩌면 남들보다 더 슬퍼할 수도 있을 거라는 걸 바보처럼 몰랐던 거예요.

순간 어째선지 몇 주 전의 그날이 떠올랐습니다. 앵무새가 아프다는 것을 알고 늦었지만 이것저것, 챙겨줄 수 있었던 것을 다 해줬던 그날 말이에요. 그래서 저도 저에게, 슬퍼하고 있다는 것을 조금 늦게 알았지만, 이것저것 좋은 것들을 챙겨주려고 애써보았습니다. 좋은 것을 줄 수가 없는 상황에서도 모든 것을 좋게만 보려고 애썼습니다. 배달음식 용기나 카페의 머그잔에 그려진 스마일 모양, 녹이 다 슬어가는 철문에 그려진 나비 그림 같은 것을 한 번이라도 더 보고 지나가려고 해보았습니다. 고생했다고 말해주는 사람에게 한 번만 더 말해달라고 졸라보기도 했네요. 그랬더니 다행히도, 그러한 노력들 때문인지는 몰라도 조금씩 슬픔이 가시는 것 같더라고요. 슬픔을 다스리는 방법을 한 가지 더 알게된 것만 같아서 기분이 좋았습니다.

혼자 있는 시간은 많아지고, 반대로 갈 수 있는 곳은 줄어들어만 가는 요즘입니다. 하지만 그럴수록 우리를 살게 하고 웃게 하는 것은, 어쩌면 소소한 선물과 짧고 가벼운 말들일지도 모릅니다. 그래서 막연하게 들릴 수도 있겠지만, 그래도 봄에 꽃 한 송이를 건네듯, 여름에 시원한 물 한 잔을 건네듯 말해주고 싶습니다. 다른 누구도 아닌 당신에게요.

당신에게 좋은 일이 있을 것입니다.

차례

1부

칭찬해 주세요

2부

할 수 있는 건 다 했잖아요

3부

당신에게 좋은 일이 있을 것입니다

1부
칭찬해 주세요

주인공

사람들은 각자의 사랑하는 사람을 어떻게 부를까?

아마 나로서는 도무지 상상하고 흉내 낼 수도, 엄두도 낼 수 없는 귀여운 애칭도 있을 것이고, 조금은 무뚝뚝하지만 나름의 애정을 담은 이름도 있을 것이다.

내 전화번호부는 세 글자 천지이다. 아무리 가까운 사람도 꼭 성과 이름을 다 붙여서 저장해놓는다. 별다른 이유가 있는 건 아니고 왠지 부끄러워서 그렇다. 내가 부르고 싶은 이름으로 그 사람의 애칭을 적어놓고, 때로는 정말로 그 이름을 글자로든 목소리로든 불러야 한다는 게.

그래도 아주 오래전에는 예외도 있었다. 한때 연인이라는 이름으로 함께였던 사람이었다. 그 사람은 매사에 자신감이 없었던 사람, 늘 나보단 남이 먼저인 사람이었다. 그러고 싶어서, 그래야만 행복해서 그런가 해서 물어보고 들여다보면 또 그건 아니었다. 괴로웠다더군. 나도 나를 가장 먼저 생각하고 싶고, 맛있고 좋은 건 누구보다도 내 앞으로 가져다놓고 싶은데, 그게 잘 안 됐다고. 그냥, 어려서부터 그랬다고. 그러다 보니 누가 뭐라고 하지 않아도 눈치부터 보는 사람이 됐다고.

"이제부터라도 그렇게 해. 가장 중요한 사람 해. 내가 온 세상에서는 아니더라도 우리 세상에서만큼은 주인공 시켜줄게. 주인공이라고 불러줄게."

그래서 이렇게 말해줬다. 지금이었다면 조금 더 멋있게 말해줄 수도 있었을 것 같은데. 아무튼 그때부터 그 사람은 주인공이 됐다. 나의 온통 풀네임으로만 구성돼 있던 전화번호부의 한가운데에서도 주인공이라는 이름으로 저장되어 있었다. 그리고 놀랍게도 그 사람은, 늘 그렇진 않아도 함께 있을 때만큼은 좀 더 크게 웃을 수 있는 사람, 좀 더 내 생각을 쉽게 말할 줄 아는 사람이 되어갔다. 말 그대로 주인공이 되어간 것이다.

주인공이라는 낱말의 뜻을 찾아본 적이 있다. 주인 주에 사람 인, 그리고 존칭 공. 직역하면 '중심이 되는 분'이라고 한다. 어떤 일에서 중심이 되거나 주도적인 역할을 하는 사람인 거지. 나는 주인공, 이라고 소리 내어 발음해보다가 문득, 한때의 그 사람은 그렇게 주인공으로 여겨줬었으면서, 정작 나 자신을 주인공으로 삼아줬던 적이 없었다는 것을 깨달았다. 그래서 이제부터 해보면 어떨까 생각해본 것이다. 조금 늦게 주연 자리를 꿰찬 과묵한 배우처럼, 조금은 상기된 얼굴로 그래보려 한다. 조금 많이 늦었다고 할지라도.

나의 매일매일이라고 제목을 붙여둔 드라마의 안에서, 나의 대본에, 나의 명찰에 '주인공'이라는 이름을 지어주면, 나는 나의 매일매일에서 중심이 되거나 주도적인 역할을 하는 사람이 된다. 그렇지 않았더라도 서서히 되어간다. 그게 얼마나 소소한 작품이 됐든지 말이다.

아무리 스스로에게 무뚝뚝한 사람이었더라도, 한 번쯤은 용기를 내어 먼지 쌓인 전화번호부를 펼쳐본다면 좋겠다. 수많은 이름들 중, 나, 나라는 사람의 이름을 찾아 그 옆에 주인공이라는 역할을 덧붙여주기를 바란다. 이 사람도 저 사람도 아닌 나의 행복을 위해서. 내 작품, 내 삶을 위해서 말이다. 만약 정말로 그래도 되는 건지 주저하고 있는 사람, 좀처럼 용기를 내지 못하는 사람이 있다고 해도,

"같이 바라겠습니다.
당신이 당신의 주인이 되기를.
당신 삶의 주인공이 되기를."

언제든 그렇게 다가가서 말해줄 테니.

엄청난 업적

"지금껏 먹은 파스타 중에 제일 맛있어요."
"태어나서 겪은 여름 중에 올해가 가장 더운 것 같아요."
"역대급으로 기분이 좋아요."

우리는 자주 이런 표현을 쓰고 또 듣는다.

지금이, 이번이 가장 강렬하고 좋거나, 또 심각하다는 말들. 나는 가끔 그런 말을 접할 때마다 생각한다. 어쩌면 '지금'이라는 건 언제나 지나치게 과대평가되곤 하는 것 같다고. 분명 이것보다 크고 강한 게 과거의 언젠가에 있기도 있었을 텐데, 그걸 까맣게 잊고 하는 말이 아닌가 하고 말이다. 그리고 내가 가장 많이 들은 '지금이, 이번이'가 섞인 말은 바로 이것이었다.

'지금이, 이번이 제일 힘든 것 같아.'라는 말.

나는, 조금은 매정하지만, 그 말을 들을 때마다 속으로 말한다. 정말? 진짜야? 이번이 당신이 살면서 겪어온 힘든 시기 중에 제일일까? 하고 말이다. 그건 어쩌면 실제로 가장 힘든 상황일지도 모르고, 아니면 예전의 시련이 훨씬 힘들었는데, 그 예전의 시련이라는 것은 이미 지나가 버린 것이라, 마주하고 있는 지금의 시련을 훨씬 크고 무섭게 받아들이는 건지도 모른다.

하지만 무엇이 진실이었건 간에, 지금이 제일 힘들다고 말하는 와중에도 가끔은 기억해야 할 것이 있다. 마음속에서 두고두고 꺼내 속삭여야 할 말이 있다고 생각한다. 바로 '이런 지옥 같은 시간 동안 뭐라도 해낸 게 있다면 그건 엄청난 업적이 아닐까?'라는 말이다.

모든 게 끝났다고 생각했던 때가 내게도 몇 번 있었다.

청소년기를 지나 막 청년이 됐을 때의 나는 뒤늦은 사춘기로 괴로워하고 있었다. 중고등학생 때는 하지도 않던 방황을 스물을 넘기고 나서야 시작했다. 나는 별로 알 필요도 없었을지 모를 나의 존재 의미를 생각하면서, 또 내가 이 세상의 주인공이 아닐지도 모른다는 사실에 낙담하면서 하염없이 캠퍼스를 걸어 다니곤 했다. 그리고 겨우 진로를 정하고 난 뒤에도 삶은 녹록지 않았다. 그 길에서 맞닥뜨린 현실의 높은 벽과 재능의 한계, 그리고 경제적인 어려움과 가족에 대한 마음들이, 사람과 사랑 사이에서의 일들이 그때의 내겐 하나하나 다 괴롭기만 했었다.

"이런 한 해 동안 뭐라도 해낸 게 있다면 그건 엄청난 업적 아닐까요?"

사실 그 한마디는 그렇게 방황하던 중, 인터넷을 떠돌다가 무심결에 눈에 들어온 말이었다. 하지만 그 한 줄의 말이 그때의 내게는 어찌나 그렇게 크게만 다가오던지. '그래, 저 말. 내가 정말로 듣고 싶고 하고도 싶은 말이었어.' 나는 무릎을 때리며 그렇게 생각했다.

졌지만 잘 싸웠다, 라는 말, 그리고 정신승리라는 낱말은 왜, 그리고 언제부터 비웃음거리가 돼버린 걸까. 물론 나도 언제나 승자이고만 싶다. 하지만 그럴 수는 없다는 것도 이제는 잘 안다. 그래서일까. 자꾸만 패자들에게 마음이 가는 것이다. 그들에게 말해주고 싶은 것이다. 주먹 한 번이라도 뻗어본 것, 그거 되게 대단한 업적 아닐까? 하고 말이다.

세상살이는 앞으로도 많이 힘들 것이다. 누군가는 또 그렇게 말할지도 모른다. 올해가 제일 더워. 올해가 제일 힘든 것 같아. 내가 겪어본 슬픔 중 가장 커다란 슬픔이야.

말마따나 매번 역대급의 시련이 우릴 덮치겠지만, 그래도 이건 다행이었고 이때 네가 엄청났고, 이때는 정말 다행이었고, 이것은 맛있었고 날씨라도 좋았다고. 그렇게 말할 수만 있다면, 그건 그것대로 다행 아닐까. 그런다면, 그 순간이 또 하나의 승리가 만들어지는 순간이 되지 않을까.

코트를 입은 남자에게

그날은 겨울이었지만 볕이 좋아서 여기저기 다니기에 좋은 날이었다. 나는 통의동의 한 카페에서 창밖 경복궁의 돌담을 보며 커피를 마시고 있었다. 삼십 분쯤을 그러고 있었을까. 길 건너편의 복숭아뼈를 스치는 길고 검은 코트를 입은 남자를 본 순간, 나도 모르게 너무 놀라서 그 자리에서 일어날 수밖에 없었다. 의자가 신경질적인 소리를 내며 뒤로 밀려났기에 주변 사람들이 놀라서 나를 보는 게 느껴졌다. 하지만 어쩔 수 없었다. 그 모습은 너무도 내 한때의 모습과 닮아 있었으니까.

남자는, 2차선 도로를 사이에 두고 있어서 아주 자세히는 볼 수 없었지만, 내 것과 아주 비슷하게 생긴 코트를 입고 있었다. 그리고 그 코트를 입은 검고 길쭉한 형태가 활 모양 또는 알파벳 'C'로 보일 정도로 구부정하고도 주눅이 든 모습이었다. 착각이었나, 어디서나 볼 수 있을 법한 모습인가 생각할 수도 있었겠지만, 그건 그렇게 흔한 코트가 아니었다. 키가 180이 넘는 내가 입어도 바닥에 끌릴 듯 말 듯한 길이에, 요즘의 옷들에서는 쉽게 찾아볼 수 없는 '어깨 뽕'이 들어간 것이었으니까. 애초에 쉽게 구할 수 있는 물건도 아니었다. 나도 나와 나이가 비슷한 코트를 아버지로부터 물려받은 거였다. 그는 내 것과 같은 모양의 코트를 입고 있었고, 키와 머리 스타일 역시 나와 놀랍도록 닮아 있었다. 걸음걸이와 자세조차. 그리고 키의 크고 작음과는 상관없이 지나치게 주눅 들어 있는 모습조차. 그 모습은 한때의 내 모습과 놀랍도록 닮아 있었다. 그리고 차 몇 대가 어지럽게 우리 사이의 도로를 오가는 동안, 그의 모습은 어지럽게 흩어져서 더는 내 눈으로 쫓을 수 없게 되었다. 온데간데없이 사라져버린 것이다.

가끔 보면 '왜 저렇게까지'라는 생각이 절로 들 정도로 주눅이 들어 있는 사람들이 있다. 남에게 혼나고 있는 것도 아니고 어디가 딱히 아픈 것도 아닌 것 같은데, 혼자 카페에 앉아있거나 거리를 걸을 때에도 왠지 모르게 '찌그러져 있는' 것만 같은 모양으로 있는 사람들. 과거의 나를 닮은 사람들. 아마 내가 그때 필요 이상으로 화들짝 놀랐던 것도, 지금의 나를 떠나간 과거의 내 모습이 내 주변을 저렇게 맴돌고 있었구나 하고 생각했기 때문일 수도 있겠다.

'나 스스로를 예뻐해주고 싶은데 자꾸 미운 점만 보여요.'
'내가 괜찮아도 괜찮은 사람일까요?'

어쩌면 그들은 온몸으로 이렇게 말하고 있는 건지도 모른다. 정말, 그런 마음은 왜 생기는 걸까. 남들과 내가 그렇게 많이 다른 것 같지도 않은데, 스스로를 예뻐해주긴커녕, 왜 자꾸만 미운 점만 찾아내곤 하는 걸까.

그건 아마 만족하는 법을 잘 모르기 때문일 것이다. 지금보다 더 예뻐지고 싶기 때문일 것이다. 내 예쁜 구석이 아니라 남의 예쁜 구석만 보고 있어서일 것이다. 그러니 어쩌면 그것들은 내가 나를 애틋하고 중요하게 여기고 있다는 뜻이 아닐까.

언젠가부터 나를 사랑하기 위한 조금 건강한 방법들을 연구하기 시작했다. 물론 루틴이라거나 습관이라는 이름을 붙여주기엔 조금 보잘것없는 것들이었다. 최소한의 운동을 하고 조금 덜 먹거나 더 먹고, 덜 마신다든지. 스스로를 너무 몰아세우거나 자책하지 않는다든지. 싫으면 싫다고 말한다든지. 가끔은 좋은 것을 사주거나 좋은 것을 먹여준다든지. 기분전환으로 미용실에 가서 머리와 눈썹을 다듬는 일은, 아무도 알아봐주지 않는다고 해도 나를 온종일 웃게 만들었다.

가끔은 안 해본 경험을 해보는 것도 좋았다. 그게 음식이 됐든, 어딜 가는 일이 됐든, 밖에서 자는 일이 됐든지 말이다. 그러다 보면 내 의외로 능숙하고 예쁜 모습을 찾게 되기도 했다.

누구도 내 몫을 챙겨주지 않는다. 원래 그랬다. 내 몫을 챙겨주는 사람은 사실 많지 않았다. 정말로 힘들어본 사람은 안다. 그들이 나를 걱정해 주는 것은 맞지만, 그렇다고 발벗고 나를 챙겨주거나 내 자리를 마련해주고, 그게 힘들다면 본인의 자리를 내어주는 사람은 정말 적다는 것을. 정작 절체절명의 순간이 오면, 그래서 모두에게 남에게 소비할 겨를과 여유가 없어진다면, 정말로 스스로를 챙겨줘야 할 사람은 나뿐이라는 말이다.

내가 나에게 관대하고, 내가 나에게 쉴 자리를 만들어줘야 한다.

이후로 나는 조금 괜찮아졌다. 그때 본 그 남자가 정말로 내 주변을 망령처럼 떠돌고 있던 과거의 내 모습이었다면, 그리고 언젠가 다시 우연치 않게 스치게 된다면, 선뜻 달려가서 말해주고 싶다. 나, 이런 사람이 됐다고. 이제 너도 더는 그런 모습으로 걷지 않아도 된다고.

칭찬해 주세요

"잘하고 있어. 말해주고 싶었다. 이미 이런 말 여기저기서 듣고 있겠지만."

이렇게 마음이 가득 담긴 메시지를 받을 때마다 나는 고장이 난다. 답장을 어떻게 해야 할지를 모르겠다. 역시 나는 스무 글자가 넘어가는 문자메시지에 취약하다고 생각하게 된다. 잘만 있다가도 이런 문자를 받는 날이면 마음이 흐물흐물해져버리는 거다. 사실은 잘하고 있다는 말, 몇 년 만에 듣는 거였는데. 그런대로 해내고 있기는 하지만, 제대로 가고 있는 건지, 이 마음고생을 정말 아무도 몰라주고 있는 건지를 몰라 내심 힘들었는데.

선인장 하나를 데리고 있다. 지금은 이 세상에 없는 사람이 세상을 떠나기 전에 선물해준 것이었다. 물은 네 달에 한 번만 주면 된대요. 제가 사자마자 한 번 물 주고 가져왔어요. 잘 보살펴 주셔야 해요. 나는 잘 알았다고, 고맙다고 했다. 그리고 그 사람은 내가 선인장에게 다음 번의 물을 주기도 전에, 다시는 볼 수 없는 사람이 됐다.

선인장은 여전히 작업실의 볕 좋은 곳에 놓여 있다. 잘 보살피고 있느냐고 묻는다면 그건 잘 모르겠다. 네 달에 한 번 물을 주고는 있는데. '가장 최근의 네 달에 한 번'이 과연 언제였는지를 종종 곰곰이 되짚어보는데. 잘 자라주고 있는 건지, 병에 걸린 건 아닌지는 알 겨를이 없다.

다만 물을 줄 때마다, 마지막으로 물을 줬을 때를 되짚어볼 때마다 미안한 마음이 된다. 그 잘 보살펴달라는 말은 사실 선인장 너머의 본인까지 함께 내놓으면서 했던 말이 아니었을까. 나는 정이 고프고 마음이 아픈 사람이니 이것으로나마 당신의 공간에서 신세 좀 지겠다는 말이 아니었을까. 만일 내가 네 달에 한 번씩 선인장에 물을 주듯, 언제 물을 줬었는지를 떠올리듯 그 사람을 조금이라도 더 신경 썼다면 조금 달라지는 게 있었을까. 따뜻한 안부연락이라도 한두 번 더 건넸다면 어땠을까.

갓 초등학생이 된 아이들에게 영어를 가르쳤던 한때, 아이들의 공책에 자주 써줬던 말이 있다.

'발음이 아주 좋고 예쁘게 웃습니다. 칭찬해 주세요.'
'얌전하고 숙제를 잘해오는 아이입니다. 칭찬해 주세요.'

그 아이들에게는 정말 각각의 칭찬받을만한 이유가 있었다. 이 아이는 활발해서, 또 저 아이는 조용해서….

사실 어떤 사람으로 살고 어떻게 살아가든, 칭찬받을 이유는 그렇게도 많은데, 우리는 왜 나이가 들면서는 그렇게 칭찬에 인색해지는 걸까.

사막의 기억을 품은 선인장에게도 최소한의 물은 필요하듯, 어른이라는 이름으로 살아가는 우리들에게도 최소한의 칭찬은 필요하다. 그러니까, 잘하고 있어. 말해주고 싶었다. 이런 말을 무심히 툭툭 내어주는 사람이 하나둘쯤 있다면, 그 삶은 나름대로 괜찮은 삶일지도 모른다.

마지막으로 칭찬을 들은 게 언제였는지가 기억나지 않는다면, 잘하고 있다, 그렇게 스스로에게 속삭여주는 것은 어떨까. 그게 아니라면 가장 목소리를 듣고 싶은 사람에게 전화를 걸어, 칭찬해 주세요, 그렇게 부탁하는 것도 좋겠다.

성숙한 이별

언젠가 이별에 관한 글을 적을 때, 이별을 퀴블러 로스의 사망단계에 빗댄 적이 있다. 이 이론은 미국의 정신과 의사인 퀴블러 로스가 죽음을 앞둔 말기암 환자들과 인터뷰하며 묘사한 임박한 죽음에 대한 심리학적 반응을 말한다. 그가 정의한 사망단계는 순서대로 부정과 고립, 분노, 타협, 침체(절망), 수용의 순서대로 진행된다. 쉽게 말하면 죽음을 앞둔 사람이 처음에는 죽음을 부정했다가, 죽어야만 한다는 사실에 분노

하고는, 다음으로 기도를 통해 신의 은혜나 기적을 꿈꾸기도 한 뒤에, 이내 절망하고 결국에는 죽음을 받아들이게 된다는 뜻이다. 물론 모든 환자가 이 과정을 순서대로 겪지는 않고, 또 어떤 단계도 거치지 않는 이도 있다고 한다.

나는 그녀의 사망단계이론이 이별 앞에서의 사람의 심리와도 별반 다르지 않게 작용할 거라고 생각해왔다. 이별이라는 낱말은 어쩌면 사랑의 죽음이라는 말로도 읽을 수 있기 때문이다. 누군가는 그 이별을 받아들이지 못해서 부정하기도 하고 분노하기도 한다. 또 앞으로는 내가 더 잘하리라고, 한 번만 더 기회를 주면 다신 그런 잘못을 저지르지 않겠다고 타협하기도, 또 겸허히 그를 받아들이기도 한다. 물론 어떤 이별은 옳고 어떤 이별은 추하다고 말하고 싶지는 않다. 결국 그 모두는 이별을 겪게 되기 때문이다. 어떤 심리단계를 거치든, 말기암을 지닌 환자들이 언젠가는 반드시 죽음에 이르게 되는 것처럼.

"성숙한 이별은 무엇일까요?"

그만큼이나 어려운 질문이 없다고 생각한다. 성숙한 죽음이란 무엇인지를 모두가 납득할 수 있는 상식선에서 설명할 수 있는 사람이 없는 것처럼 말이다. 과연 두 사람 모두가 성숙할 수 있는 이별이 어디에 있을까 싶기도 하고. 사랑 앞에서 누군가는 떠나고 또 누군가는 반드시 남는다. 어쩌면 계약연애랄지 하는 허무맹랑한 관계가 생긴 것도, 그 성숙한 이별이 사실상 불가능하기 때문에 그런 건지도 모른다는 생각을 했다. '너는 어떨지 모르겠지만 나는 미련이 남는 연애. 하지만 약속은 약속이니까 헤어지는 것으로.' 그런 어쩔 수 없는 그림으로.

성숙이라는 낱말에는 크게 세 가지의 뜻이 있다고 한다.

1. 생물의 발육이 완전히 이루어짐.
2. 몸과 마음이 자라서 어른스럽게 됨.
3. 경험이나 습관을 쌓아 익숙해짐.

세 가지 의미를 하나하나 다 이별 위에 덧씌워본다. 그래도 잘 모르겠다. 어쩌면 성숙한 이별은 정말로 불가능한 것일지도 모른다. 발육이 완전히 이루어진 이별이라고 생각해봐도 그저 이별에 불과할 것이며, 마음이 자라서 어른이 됐다고 해도 이별 앞에서 의연할 수도 없을 것이다. 또 경험이나 습관이

쌓여 이별에 익숙해지는 것이야말로 가장 걱정되는 일이기도 하다. 그 이후로는 밥 먹듯이 이별하게 될 수도, 또 새로운 사랑의 탄생을 아예 포기해버리게 될 수도 있는 일이니까.

그래. 이별은 언제나 힘들고 아프다. 도무지 익숙해지질 않는다. 마치 도무지 익숙해지지 않는 몇몇 것들처럼. 그리고 슬프지만, 이별과 같이 피하고 싶지만 피할 수 없는 무언가의 앞에서 성숙해지는 방법은, 그것에 관해서는 도무지 성숙해질 수가 없다는 것을 인정하고 의연하게 받아들이는 일뿐이다. 이별이 기어코 왔으니 오늘 밤부터 며칠 밤은 내가 조금 많이 아프겠구나, 그렇게 눈을 감고 고개를 끄덕이는 일뿐이다.

두 사람의 기쁨을 위해

의도한 적도 원한 적도 없는데 사람들의 사적인 대화를 엿듣게 될 때가 있다. 그리고 그런 일은 보통 카페나 음식점 같은 곳에서 일어난다. 아마도 먹고 마시는 일을 함께하는 것만큼 서로 마음을 열기에 좋은 일도 없기 때문이겠지. 그날도 그랬다. 작업을 위해 카페에 앉아있을 때였는데, 배경음악으로 흐르던 음악 한 곡이 끝나고 새 음악이 시작되려는 고요한 찰나에 마침 한 연인의 대화가 들려오기 시작한 것이다.

“나 어때? 이런 거 좋아한다길래 입어봤어. 한 번도 안 입어본 느낌이긴 한데….”

나 보라고 한 말은 아니었지만, 나는 나도 모르게 고개를 들어 그 사람을 보게 되었다. 소리가 들려온 쪽에는, 확실히 안 입어본 스타일로 옷을 입고 온 듯한 사람이 한 명 앉아있었다. 신기하게도 그렇다. 안 입던 옷을 입고 안 하던 일을 하는 사람은 누가 봐도 어색해 보인다. 나는 건너편에 앉은 남자, 그러니까 내가 앉은 곳에서는 뒤통수만 보이는 그녀의 연인이 할 말을 알 것 같았다. 뻔하지. 당연히 너무나도 예쁘다는 식으로 말할 것을 알았다. 그게 보편적인 연인들의 대화일 테니까.

그러나 내 예상은 보기 좋게 빗나갔다. 잘은 기억할 수 없지만, ‘이런 느낌이 아니란 말이야.’라는 식의 말을 남자는 뱉어대고 있었다. 안 입던 타입의 옷을 입고 온 사람의 얼굴에는 당황한 기색이 역력했다. 혹시라도 그 대화를 누군가가 들었을까 싶어서 주변을 분주하게 둘러보는 것 같기도 했다. 그러다 여전히 그쪽에 시선을 두고 있던 나와 눈을 마주치기도 한 거다. 나는 너무 큰 실례를 범한 나머지 나도 모르게 고개를 한 번 꾸벅 숙이고는 다시 노트북 화면을 바라보았다. 내가 그

옷을 입은 것도 아니었고 내가 그렇게 매몰차게 말한 것도 아니었는데 얼굴이 화끈거려서 혼났다. 왠지 모르게 미안한 마음이 들기도 했다.

좀 과할 정도로 거울을 보는 사람이나 누가 봐도 불편할 만한 상황과 옷차림인데 편하다고, 좋다고 말하는 사람들을 보는 일은 늘 괴롭다. 언제나 애처롭게 다가온다. 그건 바로 그 행동의 시작점이 자신의 만족을 위해서가 아닌 상대방의 만족을 위해서였다는 것이 느껴지기 때문, 그리고 거기에서 한때의 내 모습이 보이기도 하기 때문이다.

한때 나는 두 사람이 아닌 한 사람을 위한 사랑만을 했었다. 내가 좋아하는 것, 내가 가고 싶은 곳, 내가 하고 싶은 말과 듣고 싶은 말은 하나도 없이, 그곳에는 상대방을 위한 물음들만이 있었다. 오늘은 뭘 먹고 싶어? 어디에 갈래? 오늘 하루는 어땠어? 그런 물음들이 전부였다. 그런 하루가 마무리 지어지고 집으로 가는 길에는 이상하게 배가 고파져서 나는 라면을 끓여 먹거나 물을 많이 마셔야만 잠자리에 들 수 있었다.

'그 사람 때문에 자존감 낮아지는 연애를 해요.', '상대에게 맞춰주는 사랑을 할 때마다 한 번씩 찾아오는 허탈감은 왜일까요?'와 같은 고민을 토로하는 사람이 꽤 많았다. 오래전의 나는 몰랐지만, 지금의 나는 어느 정도 괜찮은 대답을 할 수 있게 된 것 같다. 그 이유는 연애의 보람과 기쁨을 내게서 찾는 일은 하나도 없이 전부 상대방의 만족 여부에서 찾기 때문이다. 내가 기쁘고자 하는 것이 연애인데, 나의 기쁨은 안중에도 없이 그 사람의 말과 행동에 따라 나의 모든 기분이 좌우되는 것이 과연 건강한 연애일까.

그 사람이 너무 좋고, 그럴지라도 포기할 수 있는 그 사람의 엄청난 매력 요소가 있어서, 되도록 그 옆에 오래 머물고 싶은 것일 수도 있지만, 그 마음을 어느 정도 이해는 하지만, 과연 그렇게 노력만 가득한 연애가 오래갈 수 있을까. 내가 점점 야위어가고 배고파지는데, 그런 모습을 보면서 과연 그 사람도 나를 매력적이라고 생각할까.

정말 그 사람이 좋아서 그 사람이 오래 있어주기를 바랄수록, 그 사람의 비위만을 맞추는 연애는 그만두어야 한다. 그래서는 '애가 좋아한다잖아요'라는 말을 반복하며 몸에 좋지 않은 것만을 계속 먹이는 부모들의 무책임한 모습과 다를 바가 없는 것이다. 너는 그런 옷이 좋다고 했지만 나는 입기 싫어, 오늘은 내가 거기에 갈 기분이 아니야, 그런 말을 서로 주고받을 수 있는 사랑을 하게 되기를, 그래서 어느 한쪽만 기분 좋은 연애가 아닌 두 사람 다 적당히 기쁘거나 서운해하기도 하는 연애를 하기를 바란다.

욕망할만한 사람

오랜 친구들이 내 변화를 놀랍도록 빨리 그리고 정확히 알아봐 줄 때가 있다. 그들에게는 오랜 시간 동안 나에 관한 것들을 쌓아둔 나름의 빅데이터가 있는데, 내가 그 자료들과 다른 모습이나 행동을 보이면 귀신처럼 빠르게 그를 캐치해서 이렇게 말하곤 하는 것이다.

"너 잠깐만, 뭔가 낯선데? 좀 다른데?"

나는 그런 말을 들으면, 뭐야, 걸렸네, 하며 실실 웃고는 새 소식을 전하지만, 실은 그 일련의 과정들을 모두 나만의 놀이처럼 여기고 있다. '이것까지 눈치채 줄까?' 생각하며 숨기고 있는 게, 그리고 그걸 걔들이 금방 알아봐 주는 게 은근히 재밌으니까.

얼마 전에는 친구와 단둘이 술을 한잔하는데, 불판 위의 고기를 이리저리 뒤집던 친구가 갑자기 무뚝뚝하게 말 한마디를 던져왔다.

"너 요즘 좀 다르다. 뭐를 샀다고 말하질 않나, 어딜 갔다 왔다고 말하질 않나, 평소엔 어디 가서 뭘 하는지 물어보기 전에는 죽어도 먼저 말 안 하던 게."

나는 조금 멋쩍어져서, 그래서 뭐, 허세 떨지 말라는 건가? 하며 괜히 틱틱댔지만, 이후 돌아온 친구의 대답에 다시 조금 배시시 웃을 수밖에 없었다.

"아니, 보기 좋아서. 그렇게 조금씩 자랑하는 게 사랑스러워서."

보기 좋아서. 사랑스러워서. 그 말이 어찌나 그렇게 기분 좋게 들리던지. 어쩌면 그 말은 내게 지금 아주 잘하고 있다고, 잘 살고 있다고 말해주는 것만 같았다. 보기 좋아서. 사랑스러워서….

한때 나는 사랑스러움과는 거리가 있는 사람, 사랑을 줄 줄만 아는 사람이었다. 누군가가 내 사랑의 레이더에 들어오면, 그 사람을 중심으로 내 삶을 굴려대기에 바빴다. 그러다 보면 어쩔 수 없이 내 곳곳이 파괴되거나 내가 아끼던 것을 놓쳐버리는 장면들을 목격해야만 했다. 하지만 그때의 내겐 나라는 사람보단 내 옆의 누군가와의 여정이 훨씬 중요했기에, 그것들을 눈으로 뻔히 보고도 다시 애써 앞만 보고 그 사랑을 굴려댈 뿐이었다.

그때의 나는 알지 못했다. 말끔한 부분 하나 없이, 그리고 아끼는 것, 자랑할 만한 것 하나 없이 초조함과 초라함, 땀과 눈물만 주렁주렁 매달고 있는 사람은 그 누구에게도 예쁘고 사랑스럽게 보이지 않는다는 것을. 나는 늘 사랑을 갈구하고 기대하고 실망하기에만 바빴다. 그리고 그 악순환은 결국 상대방을 지치게 하고, 결국엔 그 사람을 떠나게 만들었다.

그래서였을까. 언제부턴가 나는 알게 모르게 그런 사람이 되기를 꿈꿔왔나 보다. 사랑을 줄 줄만 아는 사람이 아니라 받을 줄도 아는 사람. 타인이 욕망할만한 사람이 되기를 말이다.

하루는 '나는 타인이 욕망할만한 사람인가?'를 생각하다가, 문득 그게 조금 틀린 질문인 것만 같아, 그에 앞서서 다시 이렇게 물었다. 나는 어떤 사람을 욕망하는가?

내 마음의 대답은 의외로 즉각적이고도 구체적이었다. 나는 선이 얇고 긴 사람이 좋다. 취향이 뚜렷한 사람도. 그리고 그것들, 본인이 지닌 선과 취향들을 건강하게 내비칠 줄 아는 사람이 좋다. 촌스럽지 않게 옷을 입는 사람. 그리고 그러한 몇 가지의 이미지가 머릿속에서 굳어질 때쯤, 정말 의외의 모습과 행동들로 사람들을 깜짝 놀라게 하기도 하는 사람. 그러니까 그 모든 조건을 한마디로 종합해보자면, 자신이 지닌 소프트웨어와 하드웨어의 사양을 잘 알아서, 자신을 백 퍼센트로 다룰 줄 아는 사람 말이다. 나는 늘 그런 사람을 욕망하곤 했다.

안 보이는 어딘가에서 꼬여있던 매듭 하나가 풀리는 느낌이 들었다. 그래서 한 번 더 물었다. 나는 타인이 욕망할만한 사람인가? 나는 나의 겉모습과 내면을 잘 알아서, 그것들을 능숙하게 쓸 줄 아는 사람인가? 물음표들이 거기까지 가서 닿았을 때, 그제야 문득 단순한 사실 하나를 깨달을 수 있었다. 아, 나는 나를 너무 모르고 있었구나, 그게 문제였구나.

그때부터였다, 내가 서서히 나를 파악하고 가꾸기 시작했던 것은. 가장 먼저는 선을 가다듬었다. 내가 욕망하는 얇고 긴 선이 내게는 없는 것 같았지만, 어떤 자세와 태도일 때 내가 그나마 보기 좋은지를 살펴보기 시작했다. 다음으로는 내가 뭘 좋아하고 싫어하는지를 탐구하기 시작했고, 어떤 색과 어떤 디자인의 옷이 내게 최적으로 어울리는지를 공부했다. 그리고 때로는 좀 발칙한 말과 행동도 주변에 보여주기도 했다. 쉽지는 않았지만.

물론 나의 그런 노력들이 나를 정말로 사랑받을만한 사람, 욕망할만한 사람으로 만들었는지는 아직 잘 모른다. 다만 어느 정도는 꾸밀 줄 아는 사람, 항상은 아니더라도 때로는 스스로를 자랑할 줄 아는 사람, 무례하지도 않지만, 또 너무 조심스럽기만 하지도 않은 사람이 사랑을 줄 줄만 아는 사람보다는 훨씬 매력적이라는 것쯤은 확실히 알게 됐다.

'사랑을 받기 위해 애쓰는 모습은 좋지 않다. 그만큼이나 애처로운 꼴이 없는 것이다.' 지금보다도 훨씬 젊었던 어느 날에는 그런 내용을 책에 써서 넣은 적이 있다. 하지만 이제는 조금 생각이 바뀌었다. 어느 정도는, 타인으로부터 사랑받을 만한 괜찮은 사람이 되기 위해 애쓰는 것도 괜찮은 것 같다고 말이다. 그것은 곧, 멀리 바라보면 다 나를 위한 노력들이 될 테니까. 그 노력들이 조금 더 나를 덜 다치게 하고, 내가 지닌 소중한 것들을 놓치지 않도록 도와줄 테니까. 앞으로도 이것저것 가져보고, 해보고, 이곳저곳에 가보고 싶다.

그리고 그것들을 자랑하고 싶다.
다른 누구도 아닌 나를 위해서.

아래를 보고 걷는다는 건

나는 자주 고개를 숙이고 다닌다. 아주 어릴 때부터 그러고 다녔는데, 아주 어릴 땐 발에 깡통이나 돌멩이가 채는 게 재밌어서 그랬고 조금 더 커서는 혹시라도 좀 더 피울만한 기다란 담배꽁초가 있을지를 기대하면서 그랬다. 그다음부터는 그저 오래된 습관이나 태도 비슷한 것이 되어서 마찬가지로 땅을 보고 다녔는데, 그러는 바람에 무슨 일 있냐는 주변의 걱정을 사기도 했고 좀 약한 사람 취급을 받아서 무시당했던 적도 몇 번은 있었다. 도무지 앞을 볼 수 없을 정도로 슬프거나 고독해서 그러기도 했다. 신철규 시인이 그의 시 <눈물의 중력>에서 '어떤 눈물은 너무 무거워서 엎드려 울 수밖에 없다.'라고 말했던 것과 비슷한, 그런 '어떤 눈물'이 내게도 맺혀 있어서 그랬던 건지도 모른다.

고쳐보려는 시도를 안 해본 건 아니었다. 시선을 조금 위로 옮겨서, 사람들처럼 저 먼 곳을 보면서 걸었던 적도 물론 있기는 있었다. 하지만 너무 급하게 뭐를 바꾸려고 하면 꼭 탈이 나는 법. 아파트 단지의 평상에 정강이를 박아서 엎어질 뻔하거나 밟으면 종일 기분이 안 좋을 만한 것들을 밟아서 고생했던 게 한두 번이 아니었다. 내 오른쪽 무릎 아래에는 여전히 그때 쓸렸던 흔적이 갈색으로 얼룩덜룩하게 남아 있다. 그런 몇 번의 노력들이 있은 후에, 나는 여전히 바닥을 보고 걷는 사람으로 남아 있다. 여전히 좀 구부정한 자세로, 말린 어깨와 튀어나온 목으로 땅을 보며 걷는다. 너무 별론가 싶어서 잠깐 자세를 바로잡아보는 것도 몇 분이다. 정신을 차려보면 또 그러고 있으니까.

여기저기서 몇 번은 말했지만, 집에서 작은 앵무새를 키우고 있다. 벌써 십 년이 돼간다. 녀석도 어느 정도는 우리 집과 우리 가족에게 적응한 건지, 조금 더 집 안에서의 생활반경을 넓힌 것 같다. 옛날에는 새장 아니면 집에서 가장 높아서 언제든 위험요소를 감지할 수 있고 달아날 수 있는 빨래 건조대나 전신거울 위에 있기를 즐겼던 녀석이, 어느샌가 싱크대 수전 위나 거실 창가의 바닥 같은 낮은 곳을 걸어 다니면서 놀기 시작했다.

몸집이 몸집인지라 가족들도 늘 이 아이를 신경 쓰고 있다. 무심코 닫은 문에 낑기지는 않을지. 나도 모르게 방 안에 가둬놓고 나오게 되는 건 아닌지 늘 뒤를 살핀다. 어디에 앉기 전에도 습관처럼 앉을 자리를 한 번 본다. 혹시 밟게 되지는 않을까 하고 그 애가 지나다닐 만한 곳은 바닥부터 살핀다.

그러다 보니까 사람들로부터 늘 걱정만 사고 혼나기만 했던 내 습관이, 얼떨결에 집에서만큼은 앵무새를 챙겨줄 수 있는 꽤 사려가 깊고도 괜찮은 태도가 돼버린 거다. 실제로도 눈의 흰자쯤에서 알짱거리고 있는 녀석에게 가족 중 누군가가 가까이 걸어가고 있는 걸 가장 먼저 봐서, 모두가 놀라지 않게 '발치 조심하세요~' 하고 말해준 적이 한두 번이 아니었다. 그럼 저쪽에서 너 참 잘 본다 하는, 전에 들어본 적 없는 오묘한 칭찬이 돌아오기도 했다.

사람이 기계가 아닌 사람으로 존재하는 이상 우리에겐 무수한 태도와 습관들이 덧칠될 거다. 그리고 그중에는 건강한 것도 있겠지만, 많은 이가 손가락질하고 염려하는 것도 있을 거다. 좋지 않다는 걸 본인도 잘 알아서 그를 고쳐보고 없애보려 애써보기도 하겠지만, 아마 쉽지는 않을 거다.

당장 그 태도 때문에 나나 누군가를 위험에 빠뜨린다거나 윤리의 문제와 자주 충돌하는 게 아니라면, 너무 나무라지만은 않아도 되는 것 아닐까. 조금은 이대로 더 둬봐도 되지 않을까. 대부분에게 손가락질을 받는 습관이라고 할지라도, 누군가에게는 참 고마운 태도, 필요한 태도가 될지도 모르는 일이니까 말이다. 흡사 바닥에 앵무새가 있는지 없는지를 남보다 더 잘 볼 수 있다는 하찮은 이유여도 좋으니까.

자기만의 삶

"내가 드디어 미쳤나?"

정신을 차리고 나서는 정말 그렇게 혼잣말을 내뱉었다. 중고등학교에 다닐 때가, 대학에 다닐 때가 언제 적인데, 이렇게 느닷없이 '공부를 해보고 싶다'라고 생각해버리다니. 새로운 직업을 갖고 싶어서도 아니고 자격증을 따야만 해서도 아닌, 순전히 뭔가를 배우고 외우고, 내 것으로 만들고 싶다는 생각을 하고는 나는 적잖이 당황할 수밖에 없었다. 아마 올해 들어서 가장 커다란 충격이지 않았나 싶다.

공부를 좋아하느냐 싫어하느냐, 둘 중 하나를 고르라고 한다면 난 언제나 '절대 싫어!' 쪽이었다. 중고등학교를 어느 정도의 성적으로 졸업하고, 모 사년제 대학교도 가까스로 졸업은 했지만, 그건 절대 공부가 내 적성이어서가 아닌, 해당 전공에 뜻이 있어서는 더더욱 아닌 그저 해야만 해서 끌려다니듯 견뎌낸 결과물들이었다.

온종일 생각했다. 이 밑도 끝도 없는, 사춘기 아이 또는 집고양이 같은 발상을 하게 된 계기가 뭘까? 왜 평생 싫어했던 공부가 이제야 하고 싶어진 걸까? 왜 엄마아빠가 알면 복장이 터지고 내 등짝도 터질 이런 생각을 했을까? 해가 지고 나서야 겨우겨우 내린 결론은, '공부를 할 수 있는 나이, 공부가 어울리는 나이가 남들보다 늦게 됐다'는 것이었다. 보통의 사람들은 청소년기에, 조금 늦더라도 이십 대 초반에 앞으로의 장래와 나의 보람을 위해 무언가를 배우고자 하는 마음을 품는다. 하지만 나는 그 마음을 조금 늦게 품게 된 거다.

내가 내 삶에 너무 안일했다, 라는 반성은 거기에서부터 시작됐다.

생각해보면 지금까지의 내 삶은 쭉 그래왔다. 고삼 후반, 한 대학교로 면접을 보러 간 적이 있었다. 나는 아침에 일어나 우리 학교가 아닌 처음 가보는 학교로 가서 면접을 봤다. 대충 봤다. 불합격할 것은 처음부터 알고 있었다. 내겐 그 학교에 반드시 붙어야 할 이유도 실력도 없었고, 애초에 내가 왜 지금 이 짓을 하고 있는지도 알지 못하고 있었으니까.

아마도 내가 살고 있는 이 지금이라는 것이 전부 다 내 것이라는 걸 그때는 몰라서였겠다. 내 시간은 전부 나의 것이니, 남이 도와주지도 않고 알아서 흘러가지도 않는다는 걸, 그 누구도 아닌 내가 질질 끌고 나가야 한다는 걸 그때는 몰랐다. 아마 그 심플한 진리를 그때의 내가 알았다면 결과는 달라졌을까. 다른 건 몰라도 면접을 대충 볼 일은 없었을 것, 보고 나와서도 체념하기보다는 제발 붙기를 염원하기라도 했을 것이다.

한때의 사랑들, 내 청춘의 연애들은 전부 어딘지 모르게 불편했었다. 남들 다 가는 곳에 가서 남들 다 먹는 걸 먹고, 남들 다 주고받는 밀어를 나누는 일을, 나는 순수하게 즐겼다기보단 역할극을 하듯 충실히 수행해내기만 했다. 그러다 내 진실

하지 않은 말과 마음이 들통나기라도 하면 연인들은 흥미가 떨어졌다는 듯이 떠나가버렸다. 물론 내 쪽에서도 그랬다. 상대방이 도저히 흉내 낼 수 없는 누군가를 꿈꾸거나 내게 없는 걸 바라기 시작하면, 나는 배우가 NG라도 낸 것처럼 연애의 앵글 밖으로 도망쳐버리곤 했다. 그럴 수밖에 없었지. 사랑을 할 때도 마찬가지로, 나는 '이게 내 사랑이다, 내 연애다'라는 생각보단 그냥 다들 하길래, 라는 식으로 그에 임했던 거니까.

내 몸도 세상의 수많은 기계들과 다를 바 없다는 사실, 그렇기 때문에 때때로 닦고 조이고 기름 치고, 최소한의 정비와 관리를 해줘야 한다는 사실 역시 몸이 다 망가지고 나서야 알았다. 꽤 오랫동안, 그저 필요에 의해서만 몸을 굴렸다. 배가 고프니 먹었고 졸리니 누웠다. 돈을 벌어야 하니 글을 썼고 쓰려다 보니 허리는 굽고 목은 튀어나왔다. 아마 내가 몸은 하나뿐이라는 사실을, 나의 몸이니 다른 누구도 아닌 내가 수시로 관리해줘야 한다는 걸 미리 알았다면 이렇게까지는 되지 않았을 텐데.

그때의 삶과 사랑과 몸이 온전히 그때의 내 것이었다는 걸 지금 알게 된다고 해서 달라지는 것은 없다. 나의 학력이 바뀌는 것도, 헤어진 연인들이 돌아오는 것도, 사라진 근육과 좋은 자세가 하루아침에 생기는 것도 아닐 것이다. 하지만 지금이라도 알게 됐다는 것, 앞으로는 얻어야 할 것을 얻을 수 있고 잃지 말아야 할 것을 지켜낼 수 있게 됐다는 것은 얼마나 다행인 일인가.

내 삶이 온전히 나의 것이라는 사실을 빨리 알아채는 것, 그래서 한시라도 빨리 내 삶을 살게 되는 것은 아주 커다란 행운이라고 생각한다. 다만 지금부터 앞으로 남아 있는 나만의 삶의 양을 가늠하고 그를 힘껏 살아내는 것, 그를 많이 누리는 것 역시 행운까진 될 수 없더라도 아주 커다란 행복일 것이다.

삶을 대신 살아주는 사람은 없다는 말은 보통은 차갑게 들린다. 조금 막막해진다고 할까. 하지만 다르게 생각해보면, 내 삶을 살 수 있는 사람은 나밖에는 없으니, 마음껏 결정하고 낭비도 해보고, 꾸밀 수도 있다는 말도 될 것이다.

하나부터 끝까지 전부 당신의 삶이다.
마음대로 해도 된다.

다른 풍경

혼자 먹는 일에 도가 튼 나라도 가끔은 밥 앞에서 참을 수 없을 정도로 고독해질 때가 있다. 나는 그럴 때면 밥상 앞에 노트북을 펼쳐두곤 뭐라도 틀어놓고 식사를 하곤 했다. 목소리가 많이 오가는 예능 프로그램도 좋았고, 나와 같은 것은 아니더라도 무언가를 끊임없이 먹는 프로그램이라면 더 좋았다.

그런 의미에서 일본 드라마 〈심야식당〉은 꽤 오랫동안

내 밥 동무가 돼주었던 고마운 프로그램이다. 맨 처음 봤을 때가 내가 대학교 저학년생이었을 때니까, 자취생 시절이었을 때부터 정말 오랜 세월 내 고독을 함께 감당해 주었던 것이다. 드라마의 내용은 간단했다. 신주쿠 유흥가 한가운데에 있는, 밤에만 영업하고 메뉴도 조촐한 식당을 드나드는 여러 사람의 이야기. 에피소드 하나당 한 가지 메뉴를 다루고, 그 메뉴를 중심으로 누군가의 사연이 전개됐다.

거의 삼 년 만일까. 어젯밤에 호텔에서 혼자 글을 쓰다가 배달 음식을 먹는데, 문득 너무도 고독해져서 오랜만에 심야식당을 틀었다. 못 본 사이에 새로운 시즌이 공개된 모양이었다.

어제 본 에피소드의 주인공은 노년에 접어든 한 여성이었다. 어릴 때부터 부유한 집안에서 훌륭한 교육을 받고 외모도 뛰어나서 동창들을 설레게 했던 그녀는, 어째선지 오늘날에는 러브호텔 청소 등의 막노동을 하며 지내고 있다. 그녀와 함께 지내는 그녀의 문제아 조카는 장년이 다 되었음에도 손가락 까딱하지 않고 술과 게임에만 빠져서 빌어먹고 있다. 하지만 그녀는 늘 그 문제아 조카를 최우선으로 챙기고, 맛있는 것을 먹을 때에도 조카만을 생각하며 싱글벙글 웃곤 한다. 하루는 그 모습을 보고 있던 그녀의 예전 동창이 조카에게 훈계의 말을 건넨다. 일은 하지 않는 거냐고. 고모를 도와줄 생각은 않고 술만 마시는 거냐고. 하지만 그를 본 그녀는 오히려 조카가 아닌 동창에게 화를 냈다. 내 조카는 지금 진로를 정하느라 방황하고 있을 뿐이라며 오히려 그를 감싸고 든 것이다.

이후로 조카는 고모의 집 곳곳을 털어 현금을 챙기고는 그대로 도망쳐버렸다. 하지만 그녀는 여전히 심야식당에 있는 내내 싱글벙글이다. 오히려 먼 곳으로 떠난 조카가 생일 선물로 목걸이를 보내줬다고 이곳저곳에 자랑을 하는 게 아닌가. 그를 보다 못한 동창이 다시 그녀에게 한마디를 하면서 두 사람 사이에선 설전이 오갔다.

"오카에. 난 너한테 실망했어. 그런 선물에 속아 넘어가다니. 그 목걸이, 훔쳐간 네 돈으로 샀을 게 분명해. 넌 젊었을 때 예쁘고 독립적이었어. 멋진 여자였지. 그런데 지금의 너는 한심해. 그놈이 유일한 가족이라고? 그래서 그게 어쨌다는 거야? 넌 너무 감상적인 게 탈이야."

"잘 알지도 못하면서. 텟페이와 같이 살기 시작하면서 처음으로 다른 사람을 위해 일하는 즐거움을 배웠어. 그 애한테 고맙다고 말하고 싶을 정도라고."

하지만 그 순간 그녀의 조카가 도난과 사기 등으로 경찰에게 체포됐다는 내용의 전화가 걸려 오고, 그녀는 당혹스러운 표정을 짓는다.

시간이 얼마나 흐른 걸까. 그녀는 다시 싱글벙글한 얼굴로 초등학생으로 보이는 한 아이를 데리고 식당을 찾는다. 조카에게 세상에 있는 줄도 몰랐던 아들이 있었는데, 체포된 조카 대신 그 아이를 돌보기로 마음먹은 것이다.

"상상도 못 했어. 이 나이에 아이를 키우게 될 줄은…."

음식을 맛있게 먹는 조카 아들을 보면서, 또 그 어느 때보다 밝게 웃으면서, 그녀는 그렇게 말한다. 과연 그녀와 그녀의 조카 아들은 앞으로 어떤 삶을 살게 될까. 그들이 함께할 수 있는 시간, 그녀가 그토록 밝게 웃을 수 있는 시간은 앞으로 얼마나 될까. 나는 그 장면이 왠지 모르게 눈물겨워서 밥을 먹다 말고 코를 풀었다. 그리고 손님들이 떠나간 식당에서, 식당 주인과 그녀의 동창 둘이 남아 이야기를 나누는 장면과 함께 에피소드는 끝이 난다.

"늘 그랬죠. 오카에는 신발 가게 딸이었으면서 발밑을 조심하는 법이 없었어요."

"그녀는 그저 다른 풍경을 보고 싶었던 것이 아니었을까요?"

"그 말이 맞네요. 그런 걸 원했던 거죠. 오늘 밤엔 젊었을 때보다 더 예뻐 보였으니까."

나는 그 대사를 듣고 인생에 관한 커다란 깨달음 하나를 얻은 것만 같았다. 정말. 오카에 씨는 다른 풍경을 보고 싶었던 게 아닐까. 남들이 말하는 흔한 가치와 아름다움과는 조금 다른, 내가 그토록 바랐던 나만의 삶. 가정을 꾸리고 아이를 키우고, 아무튼 누군가를 위해 움직이고 생각하는 즐거움을 알아가는 삶 말이다.

어쩌면 결혼에 관한 어른들의 말들 역시 마찬가지였을 것이다. 나중에 결혼해서 이런 가정을 꾸려야 한다, 결혼은 꼭 이런 사람과 해야 한다, 어른들이 그렇게 입이 닳도록 말했던 것은, 결혼하고 번듯한 가정을 꾸리는 것이 어쩌면 그들이 봐오고 배워왔던 행복의 표본이었을 테니 말이다. 하지만 세상을 이루는 많은 것이 바뀌고, 새로운 가치들이 여기저기에서 나타나고 있는 지금에 익숙해진 우리는 그 말들을 다만 따분하게만 받아들이는 것이겠지.

몇몇 사람들은, 그리고 어쩌면 나와 당신마저도, '나는 저렇게는 살지 않을 텐데.' 하며, 사람들의 행복과 가치관에 대해 자주 함부로 생각하곤 한다. 하지만 이 세상에는 사람이 많은 만큼 행복의 가짓수도 많다는 것을 생각할 때마다, 돌연 내 입과 머리를 때리고 싶어진다.

모두의 만족 포인트는 다 다르다. 삶의 지향점과 삶을 살고자 하는 방법도, 최고로 치는 가치도 전부 다. 누군가에게 요리는 살기 위해 어쩔 수 없이 해야 하는 지긋지긋한 행위일 수 있겠지만, 다른 누군가는 자신이 만든 음식을 사람들이 맛있게 먹는 것을 보는 것을 최고의 행복으로 여길 수도 있다. 그리고 그 행복의 맛을 잊지 못해서 결국 요리사가 되기도 하고,

요리사가 되지 못하더라도 내일의 식단을 미리미리 생각하며 행복에 겨워하기도 하는 것이다. 꼭 요리가 아니더라도 비슷할 것이다. 사람들이 말하는 행복이 아닌 내가 정말로 원하는 행복을 찾는 것. 그리고 그걸 내 나름대로 소중히 여겨주는 것. 그게 바로 잘 사는 삶이 아닐까.

살고 싶은 대로 살게끔 하고 싶다. 나와 그 사람들을.
눈치 주지 말고. 눈치 보지도 말고.

너무너무 좋아하니까

한창 대학 생활을 할 때였어. 군대에 다녀와서 졸업 준비를 할 때였으니까, 삼학년 끝 무렵 아니면 사학년 때쯤이었을까.

좀 독특한 친구가 하나 있었어. 공부도 그런대로 잘하고 과 선후배, 동기들도 잘 따르는데, 뭐 하나 부족한 것 없어 보이는데, 어딘지 모르게 늘 붕 떠 있는 것처럼 보이던 친구. 아마 나만 눈치챘던 건지도 몰라. 아마 그때쯤부터 책 한 권 내보겠다고 밤새 글을 쓰고, 글이 안 써지면 나가서 사람들을 구경하기도 하고 그랬으니까. 남들보다 예리하게 사람들을 보려고 했던 내 눈에 마침 그 친구가 딱 걸려들었던 건지도 모르지. 아무튼 걔의 마음은 언제나 그곳이 아니라 다른 곳에 가 있는 것 같았어. 가끔은 그 친구가 뭔가 위험한 선택을 하지는 않을까 하고, 속으로 괜한 호들갑을 떨기도 했었어.

어느 정도는 예상이 적중했던 걸까. 친구는 돌연 휴학계를 내더니, 학교 뒷문 주변의 골목에 뜬금없이 분식집을 차렸어. 그렇게 넓고 세련된 가게는 아니었어. 듣기로는 어디에도 손을 안 벌리고, 그동안 아르바이트를 하면서 모았던 돈으로 차린 거라고 하더라. 장사는 잘 되지도 아예 안 되지도 않는 것 같았어. 아마 그간 학교생활을 잘했으니까, 알게 모르게 골목까지 찾아와서 팔아주는 사람들이 많았던 모양인가봐.

하지만 그런 사람들도 있었던 반면, 조금 악의적인 소문을 퍼뜨리는 사람들도 있었어. 더러운 일을 저질러서, 그걸 덮고 사람들로부터 잊히기 위해서 학교를 떠났다든지, 속도위반으로 아이가 생겨서 생계를 책임지기 위해 학업을 포기했다든지 하는, 그런 근거도 설득력도 없는 소문들 말이야. 물론 그 친구는 그런 소문들로 흔들릴 아이가 아니라는 것은 잘 알고 있었지만, 나는 자꾸만 그 아이가 걱정되기도 하고 그랬어. 강의실에서 창밖을 보던 그 붕 뜬 눈빛이 떠오르기도 했고 말이야.

가게를 찾아간 건 그래서였어. 걱정되는 것도 있고 궁금한 것도 있었으니까. 친구는 늘 그랬듯, 오랜만에 보는 나를 부담스러울 정도로 반갑게 맞아줬어.

"이거 먹어봐. 진짜 맛있다?"

나는 친구가 내어온 떡볶이와 튀김, 그리고 조금 생소하게 생긴 신메뉴를 오물오물 먹다가, 조금은 조심스럽게 묻기 시작했어. 저기, 그런데 잘 다니던 학교는 왜 그만둔 거야? 공부도 꽤 잘하는 편이었잖아. 학교 주변에서 장사하고, 또 학교 사람들 마주칠 때마다 괴롭지 않아?

조금은 당황할 수도 있고, 어쩌면 화를 낼 법도 한 질문이었는데, 친구는 이번에도 환하게 웃으면서 이렇게 대답했어.

"떡볶이, 좋아하니까. 너무너무 좋아하니까. 그리고 학교도 가까워서 좋아. 친했던 애들도 자주 부를 수 있고 또 보러 갈 수도 있잖아. 떡볶이도 만들고 학교도 가깝고. 얼마나 좋아."

그때부터 친구는 이런저런 앞뒤 사정들을 내게 이야기해주기 시작했어. 그제야 모든 궁금증이 하나씩 풀리기 시작하더라.

친구는 갑자기 휴학과 창업을 결정한 게 아니었어. 아주 오래전부터 식당 창업이라는 목표를 세워두고, 그 목표를 위해 돈을 모으고 공부를 한 거였어. 그러니까, 이제 해도 괜찮겠다 싶을 때 오히려 심사숙고 끝에 결정한 거였지. 일반적인 기업 경영과는 조금씩 달리 적용해야 할 것들이 있었겠지만, 나름대로 가게 경영을 하기 위해 필요한 것들을 배우기 위해서 학교에 다녔던 거야. 애초에 목적 자체가 달랐던 거지. 누군가는, 그러니까 나를 비롯한 대부분은 대학을 취업만을 목표로 다녔던 거지만, 그 친구만큼은 정말로 배움을 위해 드나들었던 거였어.

그날 이후로도 친구는 종종 학교 밖 골목에서, 그리고 학교

안에서도 자주 보였어. 다들 졸업하고 뿔뿔이 흩어진 지금은 소식을 모르게 됐지만, 아마 그 친구라면 여전히 잘 지내고 있을 거라고 생각해. 좋아하는 것을 하면서. 필요하다면 배우기도 하면서. 그렇게 멋지게 말이야.

난 더 이상 그 친구가 무모하다거나 유별나다고 생각하지 않아. 오히려 무척 존경해. 우리들도 어느 정도는, 그 친구처럼 자신이 행복할 수 있는 목표를 정해두고 조금은 진지하게 준비하고, 또 때로는 과감한 결단을 내려야 한다고 생각해.

지금을 살아가는 방법이 잘못됐다거나 따분하다고 말하려는 게 아니야. 때로는 내 안의 목소리를 들어주는 일도 필요하긴 하다고 말하고 싶은 거야. 편하게 가는 방법과 모두가 요구하는 길은 정해져 있지만, 그것들로부터 벗어나면 전혀 새로운 풍경이 펼쳐질 때가 많았거든. 우르르 몰려다니고 코스가 정해져 있는 패키지 여행과 내가 정말로 가고 싶은 곳을 누구의 지시도 따르지 않고 떠나는 자유여행이 완전히 다른 것처럼 말이야. 물론 그 행보의 목적이 절대로 도망이 돼서는 안 돼. 남들과는 다른 방향을 택한 만큼, 오히려 더 험난한 여정이 될 수 있으니까. 도망을 위해서가 아니라, 정말 원해서 떠

나는 게 돼야 하는 거야.

나도 아직은 잘 모르겠어. 내가 지금 정말 원하는 길을 걷고 있는지. 나는 이 생활을 언제까지고 행복하게 계속할 수 있을지. 하지만 조금 늦더라도 말이야. 보통의 사람들이 말하는 늦은 나이가 됐더라도 말이야. 정말로 걸어보고 싶은 길이나 보고 싶은 광경이 생기면, 그땐 과감하게 결정해보고 싶어. 길을 잃어보고 조금 고생도 해보고 싶어. 그 친구처럼 말이야. 그러다가 한때의 내가 그 친구에게 물었던 것처럼, 누군가가 그 길을 걷는 이유에 대해 물어오면 웃으면서 이렇게 대답하고 싶어.

좋아하니까요. 너무너무 좋아하니까요.

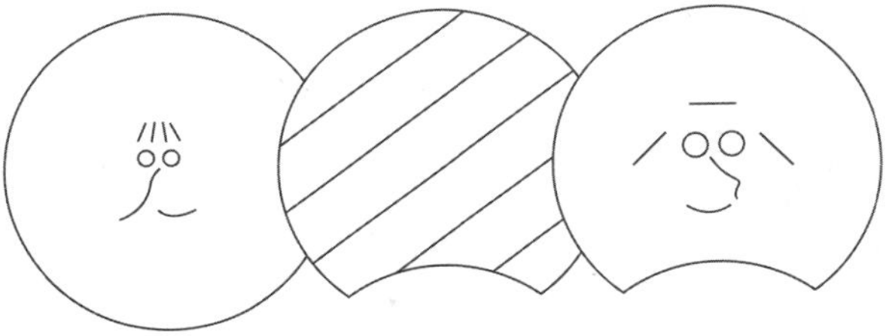

2부

할 수 있는 건 다 했잖아요

새로운 다정

늘 다정한 사람이 되고 싶었다. 그 사람은 정말 다정해, 다정의 천재야, 사람들 사이에서 오가는 그 칭찬의 말들 속 '그 사람'이 나이기를 바랐다.

하지만 그건 마음처럼 되지만은 않았다. 내 다정을 나눠주고 싶은 사람이 앞에서 마침 힘들어하고 있는데, 위로와 응원을 바라고 있는데, 다정을 원하는데, 막상 나는 입을 꾹 다문

채로 그 어떤 말도 그에게 내어주지 못하곤 했다. 그러고 있자면 내 앞에 있는 사람은 이내 입술을 삐죽거리며 눈물을 흘리기 시작했다. 나는 그때마다 죄인이 됐다. 내가 괜찮은 말 한마디라도 해줬으면 저 사람이 안 울었을 텐데, 그런 생각들로 나는 덩달아 밤새 괴로워졌다.

하루는 그게 너무 분해서, 정말 아무것도 모르는 바보인가 싶어서, 공책을 한 장 찢어두고는 펜을 들었다. 내가 아는 다정한 말들, 세상 사람들이 따뜻하다고들 하는 말에는 무엇무엇이 있는지를 생각해보고 하나씩 적어 내려가기 시작했다.

「괜찮아. 충분해. 밥 먹었어? 건강은 좀 어때? 아픈 데는? 잘 지내? 잘했어. 수고했어. 좀 쉬어. 푹 자. 보고 싶었어. 널 믿어. 당연히 네 편이야. 다녀와. 어서 와. 기다렸어. 잘할 거야. 마음 가는 대로 해. 많이 먹어. 다 네 거야. 축하해. 사랑해. 선물이야. 너만 있으면 돼. 너 없으면 안 돼. 좋은 꿈 꿔. 데리러 갈까? 태워다 줄까? 자랑스러워. 걱정했어. 한참 찾았어. 잘 어울려. 자고 가도 돼. 그랬구나….」

다정은 정말 많기도 많았다. 이 쉽고도 많은 말들을 나는 왜 그렇게도 해주지 못했던 걸까? 정말 멍청해서, 이토록 잘 아는 말들을 매번 까먹어버려서 그랬던 걸까?

아마 아니었을 것이다. 잘 알고는 있지만 차마 뱉지를 못했던 거였겠다. 그 사람이 내게 많이 중요한 사람이어서. 정말 커다랗고 함부로 대하면 안 되는 사람이라서 오히려 더 그랬던 것이다. 내게 사람이란 늘 사랑할수록 어려워지는 존재였다.

나에게 다정이라는 건, 쉬운 말을 쉽지만은 않게 해주는 일이었다. 그 사람이 정말 이 말을 필요로 할 것 같을 때, 눈치를 봐가면서 적당한 때와 장소에 슬쩍 건네어보는 것. 여름에 밤바람이 반가운 것처럼, 겨울에 솜이불이 그리운 것처럼. 퇴근길과 잠들기 전과 아침이 시작되는 그때그때에 잘 들어맞는 말을 해주는 것. 그러기 위해선 늘 그 사람을 관찰해야만 했다. 이 사람이 지금 어떤 상황인지, 뭘 원하고 또 원하지 않는지를 아주 정확히 살피고 파악해야만 했다. 하지만 그러다 보면 문제가 하나 생기곤 했는데, 아주 위급한 상황, 당장 어떤 포옹이라도 필요할 때에 가만히 머리만 굴리고 있다가 위로의 타이밍을 놓쳐버리고 말았던 것이다.

한때는 이상한 고집이 있었다. 무작정 네가 최고라는 말, 힘내라는 말, 괜찮다는 말을 건네는 것은 꽤 구역질 나는 일이라고. 그런 막연한 위로는 위로가 되지 못할 거라고 굳게 믿었던 것이다. 그리고 내 그런 고집을 듣고 고개를 끄덕여주는 사람도 꽤 많았다. 그래, 막연하게 그러는 건 하나 마나 한 일이지, 그렇게 대답하면서.

하지만 때로는 너무 현실적인 것도 좋지 않은 것 같다고 생각하는 요즘이다. 무작정 네가 최고라고 말하는 것을, 누군가는 구역질 난다고 여길 수 있겠지만, 세상에 그런 사람이 한 명쯤은 있어 줘야 하는 것 아닐까? 지금의 내 문제와 상황을 누구보다도 잘 아는 사람은 사실은 자기 자신일 텐데, 그렇기에 현실적인 조언들은 안 그래도 귀가 닳도록 듣고 있을 텐데, 막연하고 무조건적인 응원과 위로를 던져주는 사람도 한 명쯤 있어야 하는 것 아닐까?

어떤 위로는 상대방의 아픔을 온전히 아는 것에서부터 시작되기도 하지만, 아무 준비도 공부도 없이 지금 당장 시작돼야 하는 위로도 분명히 있다. 괜찮아질 거라고 말한다고 정말로 괜찮아졌던 적은 얼마 없었지만, 그런 말의 온기라도 필요했던 때가 우리 모두에게 몇 번쯤은 있지 않았던가. 삶은 언제나 고난의 연속이지만, 그렇기에 사는 내내 행복만 할 수는 없는 일이겠지만, 그럼에도 계속 행복하자고 말해주고 빌어주는 것은 눈물겹도록 고맙고 다정한 일이다.

나는 이제 그런 방식으로 다정하고 싶다.

사랑의 행방

"어디 있어? 사랑이 어디에 있는데?"

나탈리 포트만과 주드 로, 줄리아 로버츠 주연의 영화 〈클로저〉 속 대사다. 영화 속에서 앨리스는 옛 연인인 댄에게 그렇게 묻는다. 눈으로 볼 수도 만질 수도 느낄 수도 없다고. 그래서 공허하다고. 그 장면은 지금은 슈퍼스타가 된 배우들의 연기 덕분에, 그리고 관객 개개인에게 사랑에 대한 물음을 던

졌기에 컬트적인 인기를 끌었었다. 나는 자주 상상했다. 누군가가 내게, 도대체 사랑이 어디에 있는데, 를 묻는다면 나는 뭐라고 대답할 수 있을까. 과연 어디에 있다고 대답해야 하는 걸까.

슬프지만, 사랑은 어쩌면 나와 그 사람이 드나들던 식당에도, 카페와 극장에도, 심지어 그 사람과 내가 나란히 누워 있던 침대 근처 어디에도 없을지도 모른다. 더 슬프게도 내 지구의 어느 장소에도 사랑은 없을지 모른다.

문득 생각했다. 어쩌면 사랑은 공간에서 찾을 게 아니라 시간에서 찾아야 하는 것 아닐까. 지금 여기엔 어쩌면 없을지 몰라도, 사랑은 2019년도에 있습니다. 14년도에도 있었고요, 07년도에도 촛불처럼 위태롭게나마 있었네요, 그렇게 대답할 수는 있는 것 아닐까. 사랑은 그 여름에 있습니다. 사랑은 그 날에 있습니다. 그때의 나와 걔는 비를 맞고 있었는데요. 그 와중에도 사랑만큼은 꼭 껴안고 있었는데요. 뺏어오기엔 또 좀 미안하고 그래서 매번 다시 두고 올 뿐입니다. 지금의 나는 그래도 가진 게 적지는 않은데, 그때의 나는 사랑이 전부인 것만 같아 보여서요.

정말. 그땐 사랑이 전부였다. 만나고 헤어졌고, 헤어진 사람을 잊기 위해 다른 사람을 눈에 담으려 애썼다. 그러다 한 사람이 마음에 들어오면, 그 펄펄 끓는 마음을 주체하지 못해서 자취방부터 저 멀리에 있는 홈플러스까지 걸어갔다가 다시 걸어오기를 반복했다. 줄 달린 이어폰과 구멍 난 양말, 슬리퍼를 신은 사람이, 매일같이 그렇게 그 길을 왔다 갔다 하고 있었다.

가끔은 홈플러스에서 괜히 파스타 재료를 사 오기도 했다. 얼마 전에 핸드폰을 뒤적이다가 본 건데, 남자가 연애하면 부쩍 많이 먹게 되는 게 떡볶이랑 닭발이라더라. 전엔 그렇게 즐겨 먹지도 않았는데 애인 때문에 자주 먹게 되는 음식이라고. 맞는 말 같기도 해서 조금 웃었다. 하지만 지금은 지금이고, 그땐 파스타가 그런 음식이었다. 스파게티라는 말 대신 별안간에 파스타라는 말이 많이 쓰이기 시작했을 때. 알렉스와 김선아, 채정안이 이 드라마 저 드라마에서 자주 보였을 때.

그때 나는 좋아하는 사람에게 조금이라도 세련되고 멋진 사람으로 보이고 싶어서 취미에도 없던 요리를 하곤 했었다. 그래서 본 장이었다. 양파와 버섯은 가장 작은 걸로 사도 생각했던 것보다 양이 많았다. 사실은 쿨하지도 멋지지도 못했던 나는 재료가 남는 게 싫어서 파스타를 만들 때마다 늘 양 조절에 실패했었다. 파스타를 곰국처럼 한 바가지를 끓였다고 말하면 아무도 안 믿겠지만, 정말로 그랬다. 그때 내가 좋아했던 아이는 마침 내 자취방 옆옆 건물에 살았는데, 나는 한두 번쯤 그 아이를 위해 그렇게 파스타를 솥 단위로 만들곤 했다. 봉골레와 까르보나라를 만들었다. 모시조개가 없어서 바지락을 썼던가. 베이컨이 없어서 줄줄이 소시지를 썼었던가. 아무튼 나는 그렇게 파스타를 그릇에 잘 담아서 랩을 씌우고, 그 애 집 앞으로 가서 전화를 걸곤 했었다.

집으로 돌아와서는 여전히 세숫대야만큼 남은 파스타가 아까워 밤새 그것들을 주워 먹었다. 그러다가 배탈이 나기도 했다. 하지만 얼마 안 가서 그 아이는 나를 완곡하게 거절했고, 나는 그 이후로 학교에서 그 아이가 보일 때마다 고개를 숙이거나 딴짓을 하기에 바빴다.

참 찌질한 기억들이다. 이제야 조금 덤덤해질 수 있게 됐지만, 몇 년 전까지만 하더라도 정말 생각날 때마다 이불을 뻥뻥 차고 베개를 때리기도 했다. 하지만 그럼에도 확실하게 한마디 말은 할 수 있다. 그때 나는 최선을 다했고 그만큼이나 진심이었다는 것. 그리고 결국 그걸 주고받지는 못했지만, 그때의 나는 확실한 사랑 하나를 품에 소중히 안고 있었다는 것. 그것만은 확실히 말할 수 있다. 지금의 나는 그러지 못했을 테니까. 사랑은 그렇게 곳곳에는 몰라도 때때로는 있었다.

소장판 그사람

가을 겨울에는 바람이 많이 붑니다. 그런 날에 길에 나와 서 있으면, 그 추위와 바람 앞에서도 서로에게만 의지하는 연인들을 종종 볼 수 있었습니다. 그리고 앞머리가 이리저리 팽개쳐지는데도 손만은 놓지 않는 그들을 보면서, 나는 꽤 오랫동안 당신을 생각하기도 했습니다. 웃기죠. 사실 우리는 그렇게 오래 함께했던 것도, 그들만큼이나 서로에게 의지할 수 있었던 것도 아니었는데 말이에요.

사랑 하나만으로 모든 아픔과 조건을 뒤집을 수 있다고 믿었던 때가 내게도 있었습니다. 그때 우리에겐 아픔과 조건이 많았습니다. 당신은 자주 몸과 마음이 아픈 사람이었고 어린 사람이었는데 안타깝게도 나와는 먼 곳에 사는 사람이었습니다. 처음에는 잘 몰랐는데, 함께하다 보니 하나둘씩 이야기들을 털어놓기 시작하셨죠. 지금 생각해보면 편한 사람, 믿어도 되는 사람으로 나를 생각해줬던 것 같아 고마운 기분이 듭니다.

술에 취해 요 며칠의 힘듦을 토로하실 때마다 나는 먼 곳에서 전화기를 들고만 있을 뿐이었고, 늘 적당한 말을 찾아서 해주지 못해 길을 잃곤 했습니다. 사랑한다는 말이 아주 가끔 도시와 도시 사이를 오갔지만, 그게 도움이 됐었던 건지는 여전히 모르겠습니다. 나는 사랑한다는 말조차 충분한 위로가 되지 못할 수도 있다는 것을 그때 알았습니다.

힘들 때 사람을 버리면 안 된다는 말이 있죠. 정말로 그게 맞는 말이라면 나는 당신에게 몹쓸 사람이었습니다. 힘들어하시는 와중에 뭘 어떻게 해야 할지, 어떤 도움을 줘야 좋을지를 몰라서 늘 초조해하다가 생각한 것이 고작 이별이었으니까. 이별 이후에도 내가 그쪽을 조금 더 따스히 보살펴줄 방법이 있었을까를 오래오래 생각했습니다만, 그때도 나는 마찬가지로 자주 길을 잃었습니다.

몇 계절이 지나 연락을 해오셨죠. 내가 사는 도시로 이사를 해왔다고요. 나는 오랜만이라고, 잘 지냈냐고 물었습니다. 잘 지내셨다더군요. 무엇보다도 벗어나고 싶었던 곳으로부터 벗어날 수 있어서 훨씬 좋아졌다고. 다행이라는 말 뒤에 미안했다는 말을 덧붙이고 싶었지만 그게 잘 안됐습니다. 그리곤 전시회를 좋아하지 않았느냐고 말해오셨죠. 같이 가보고 싶은 전시가 있다고. 나는 차마 흔쾌히 좋다고 대답하지 못했습니다. 결국 그 전시는 내게 영원히 이름으로만 남았고요.

생각해보면 우리는 참 자주 이런저런 조건이나 시기가 맞지 않았습니다. 서로가 서로를 원하던 때에도 멀리서 그럴 수밖에 없었고, 한 사람이 많이 힘들어할 때, 그래서 안아줄 사람이 필요할 때도 나머지 한 사람마저 많이 힘들어하고 있었으니까요. 나는 그때마다 정말 운명이라는 게 있다면, 그리고 그런 것을 관장하는 이가 있다면 우리를 지독히도 미워하는 게 아닐까, 그런 우스운 망상을 하기도 했습니다.

하지만 반대로 이것저것이 착착 들어맞았던 손쉬운 관계도 있었어요. 당신이 아닌 사람들과의 몇몇 관계가 그랬어요. 그 사람과의 관계는 영화나 드라마 같았어요. 그만큼 극적이고 아름다웠다는 말이 아니에요. 군더더기 없이 깔끔하고 또 공교로웠다는 말이 어쩌면 더 잘 어울릴까. 영화나 드라마를 보면, 주인공이 손을 흔들면 마침 그곳을 지나가던 택시가 있어서 바로 택시를 잡아탈 수 있잖아요. 담배는 있고 불은 없는 새벽에 마침 불을 빌려주는 친절한 취객이 나타나곤 하잖아요. 그런 관계였다는 말이에요. 마침 그 사람이 힘들어하는 날에 나도 쉬는 날이었고, 그 사람이 넘어지려고 하는 순간에 내가 옆에 있었을 때가 많았습니다. 그러니까 도움이 필요한 사람에게 그에 맞는 도움을 줄 수 있다는 것은 어쩌면 정말 축복받은 일이 아닐까요.

정말. 한때는 사랑만 있으면 모든 아픔과 조건을 뒤집을 수 있다고 믿었었는데. 공교롭다는 말, 우연찮게라는 말, 때마침이라는 말들로 그 한때의 다짐이나 믿음이 뒤집혀버리는 것을 보며, 참 사랑이라는 게 부질없다고 생각하기도 했었네요. 이제는 깔끔하게는 아니더라도, 포기와 이해를 조금씩은 할 수 있게 됐어요. 사랑한다는 이유로 합리적이지 못하고 억지

스러운 말과 행동을 하는 것은 지금도 여전하지만, 그것도 지금 있는 자리에서만, 얼마간의 최선만 다하자고 협상하려 하는 마음들을 거기에 조금씩 섞어보기 시작한 거예요.

우리 참 아프고 바빴죠. 나는 그 뒤로 당신처럼 아프고 바쁜 사람이 되어보기도, 아프지 않고 바쁘지 않은 사람을 만나보기도 했어요. 그러고 나니 이제야 보게 된 것, 알게 된 것이 있어요. 간단해요. 나와 당신의 로맨스는 완성도 있는 영화나 드라마가 아니었을 뿐이에요. 영양가 있거나 뭐든지 바라던 대로, 또 낭만적으로 흘러가지만은 않았을 뿐이에요. 시퀀스가 달랐을 뿐이에요. 마음이 급해서 손은 이리저리 흔드는데 한 시간 내내 택시가 오지 않았을 뿐. 마른 담배를 매만지며 걷는데 새벽 내내 라이터를 가진 사람이 나타나지 않았을 뿐.

예쁘게 다듬어진 영화만을 좋아하는 사람들은, 아마 나와 당신의 장면들을 그저 삭제된 신으로, 버리는 게 좋을 신으로 여길 수도 있을 거예요. 하지만 나는 아직도 그 기억을 버리지 않고 그러모아 소장판, 감독판과 같은 이름을 붙여두고는, 씁쓸한 것이 생각나는 날에 하나씩 꺼내어보곤 합니다. 바람이 많이 부는 날에요. 춥게 입은 연인들이 보이는 날에요.

약속 공포증

왜 그런 건지는 아직도 모른다. 나는 연인과 어디를 가자고 약속하는 일이 매번 그렇게도 슬프다. 나아가 뭐를 먹자고, 어디어디 구경을 가자고, 그 앨범이 나오면 꼭 같이 듣자고 하는, 그 모든 '다음에'가 붙는 약속들이 전부 슬프다. 나는 왜 그렇게도 약속들 앞에서 속수무책으로 슬퍼지는 걸까? 오늘은 그 이유가 궁금하여 나름대로 추론 비스무리한 것을 해보았다.

추론 1. 어쩌면 나는 남들보다 놓친 것을 오래 그리고 강렬하게 기억하는 걸까?

추론 2. 나는 약속 앞에서 원래 약한 사람인가? 약속을 잘 어기는 사람이라서? 심지어 그런 주제에 죄책감도 잘 느껴버려서?

추론 3. 그냥 걱정이 많아서일까? 닥쳐오지도 않은 오만 가지 이별의 경우의 수를 보기라도 했던 걸까?

도움이 안 되는 추론들. 그러다 문득 알고 싶어진 것이다. 과연 이 세상의 모든 약속은 정말로 무사히 지켜지고 있는 걸까? 세상의 모든 약속하는 연인들은 그만큼이나 성실한 걸까? 나는 인스타그램을 비롯한 인터넷에서, 그리고 손에 잡히는 책들과 주변 사람들로부터의 이야기를 듣고, 그 안에서 일일이 사랑의 약속들을 찾아보기 시작했다.

약속의 행방은 대개 세 가지였다. 첫째, 보기 좋게 이뤄지는 약속들. 둘째, 이루지 못하고 버려지는 약속들. 셋째, 다른 방식으로 이뤄지는 약속들이 그것이었다. 세 번째, 다른 방식으로 이뤄지는 약속들은 이를테면 그런 것들이었다. 한창 행복할 때의 약속을 헤어진 다음에야, 같이 갈 수 없게 되고 나서야 혼자 이룬다거나 하는 것들. 가장 꼭대기 층에 가서 야경을 보고 오자고 약속했지만, 결국 혼자서 보고 오는 사람, 매주 함께 드나들었던 음식점을 이별 뒤에도 여전히 혼자 드나드는 사람을 나는 몇 번 본 적이 있다.

그건 분명 조금은 다른 형태였지만, 약속의 이행이긴 하였다. 때로는 그 모습이 슬픔을 넘어서 숭고하게까지 보이기도 했다. 나는 내가 만든 약속, 만들고 싶어했던 약속들 앞에서 얼마나 겁을 내고 또 얼마나 변명만 늘어놓았던가.

약속을 잡는다는 건, 우리 앞의 경우의 수나 성공, 실패 가능성을 따져보자는 게 아니라 그만큼이나 너를 좋아한다는 뜻이다. 지금이 아니라 이 다음에도 보고 싶다고, 그때도 뭔가를 함께하고 싶다고 마음을 내비치는 일일지도 모른다.

둘이 함께하지 못할지라도 좋으니, 사랑으로 빚어낸 약속들이 앞으로의 내 삶에 가득하다면 좋겠다.

내 경우엔

일에 있어서든 삶에 있어서든, 가르치려 드는 걸 정말 안 좋아한다. 타인이 나를 가르치려 드는 것, 내가 타인을 그런 태도로 대하는 것 모두를 경계하며 살고 있다. 어쩌면 내가 자기계발 분야의 책들을 그다지 좋아하지 않는 것도 같은 이유 때문이겠다. 정말 유익한 정보를 사려 깊고 폭력적이지 않은 말투로 건네온다면야 문제가 될 게 없지만, 종종 보이는 '당신이 가난한 이유'라든지 '이래야만 성공한다'라든지, '사랑할 때

절대 하지 말아야 할 것들'과 같은 느낌의 제목과 문장들은 언제나 내 얼굴을 찌푸리게 만든다. 세상에는 수많은 사람이 있고, 그들이 사는 법, 성공의 기준, 상처받을 수 있는 말들은 다 다를 텐데, 마치 자신의 방식만이 단 하나의 진리인 것처럼 말하는 태도가 내 마음에는 들지 않는 것이다.

그래서였을까. 나는 사람들의 고민을 들어주는 데에도 늘 조심스러운 편이었다. 글과 책을 쓰는 사람이라는 이유로 자신의 개인적인 고민을 털어놓는 사람이 많았다. 물론 나는 대부분의 경우 좋은 대답을 내놓지 못했다. 나와 비슷한 일을 하는 몇몇 사람들은 거침없이 그들만의 대답과 조언을 턱턱 내놓기도 하는 것 같던데, 나는 그게 안 됐다. 우리는 너무 많은 것을 모르고 알지도 못하면서 떠드는 사람들 때문에 얼마나 많은 잘못된 선택을 하고 얼마나 많이 다쳤었던가. 나는 혹여라도 내 가벼운 입과 손가락 때문에 피해라도 갈까 싶어, 늘 극도로 조심스러운 태도로 그들을 대했다. 제대로 들어주고 말해주지 않을 거라면 침묵이 낫다고 판단하여 완곡하게 대답을 피하는 경우가 많았다.

그저께는 한 독자가 SNS를 통해 장문의 고민을 털어놓았다. 요약하자면 인생에서 가장 좋아했던 사람과 이별했는데, 그에 관한 슬픔을 쉽게 떨쳐내지 못해서 고민이라는 내용이었다. 그러고 보니 힘들고 슬플 때 그 감정을 케어하는 방법을 몰랐던 것 같다고. 그래서 더 무기력하고 우울해진다고. 나는 이번에도 섣불리 말하는 것보단 침묵이 어울리지 않을까 싶어 눈길을 돌리려 했지만, 그분의 힘들어하는 마음이 화면을 뚫고 나오는 것처럼 온전히 느껴져서 이렇게 대답했다.

'제가 대충 답변해드릴 일은 아닌 것 같은데, 내일 다시 메시지 드려도 될까요? 조금 더 깊게 생각해보고 말씀드리고 싶어서요.'

독자분께선 너무 감사하고 또 너무 죄송하다는 말, 그리고 그 말씀만으로도 기분이 조금 나아지는 것 같다고 연신 말씀하셨지만, 그건 정말이지 나의 진심이었다. 내가 뭐 대단한 진리를 알고 있는 것도 아니고 또 대단한 사람도 아니지만, 무엇 하나라도 거들 수 있다면, 그래서 한 사람의 마음이 조금 괜찮아진다면 그만큼이나 값진 일이 없을 것이라고 생각했다. 다음 날, 나는 약속했던 대로 그분에게 메시지를 보냈다. 그분을 생각하며 적은 거였지만, 내가 글쓰기 강의를 하거나 강연을 할 때 매번 했던 말과 핵심 내용은 동일한 메시지였다.

「독자님께서는 스트레스를 받을 때 주로 어떻게 해소하세요? 저는 직업 특성상 학교나 특정 기관, 기업체에 강연을 다닐 때가 종종 있는데, 그때도 똑같이 이런 질문을 던지곤 해요. 그러면 진짜 수많은 대답이 날아와요. 토할 때까지 달리기를 한다든가, 과음, 과식을 한다든가, 일부러 슬픈 영화나 노래를 찾아서 감상한다든가, 집 청소를 한다든가 하는 대답들이었어요.」

「저는 그런 방법들 모두를 긍정합니다. 전부 다 나름의 효과가 있겠죠. 하지만 내면 깊숙한 곳에 있는 고민이나 스트레스를 해소하기 위해선, 그런 것들만으로는 충분하지 않다고 생각하기도 해요.」

「저는 가끔 마음이라는 게 동그란 공 모양이 아닐까 생각해요. 그 공의 바깥쪽에 들러붙어 있는 수많은 고민들은, 조금 전에 말씀드린 방법들로도 충분히 씻어낼 수 있다고도요. 하지만 공의 핵 부분, 공의 깊은 중앙 부분에 뿌리박은 아픔들, 내 일상을 망치는 주요 고민들은 위의 방법들만으로는 해소

할 수 없는 것 같아요. 어릴 때 길에서 공놀이를 해본 적 있으신가요? 집에서 조그만 장난감을 갖고 놀아본 경험은요? 저는 자주 그러고 놀았거든요. 그런데 공이 자동차 밑으로 들어가거나, 장난감들이 가구의 밑 틈으로 들어가면, 손과 발로는 그것들을 꺼내기 힘들더군요. 그때 필요한 것이 자라든지 빗자루 같은 '기다란 것들'이었어요.」

「저는 마음을 청소하는 데에도 기다란 것들이 필요하다고 생각해요. 내가 지금 어떤 상태인지, 뭘 원하는지, 또 뭘 가졌는지, 내일은 어떨 것 같은지, 내 주변에 있는 사람들에는 누가 있는지…. 그렇게 좀 오랜 시간을 들여 나에게 집중하는 과정이 필요하다는 말이에요. 생각해보면 우리는 우리 스스로에게 긴 시간을 들여 집중하는 일을 잘 안 하거든요.」

「두세 시간, 한 시간이어도 좋으니, 최대한 나에게 집중하는 시간, 기록해보는 시간, 글을 적어보는 시간, 그림을 그려보는 시간을 가져보셨으면 좋겠어요. 들어줄 사람, 읽어줄 사람이 필요하다면 가까운 사람에게 털어놔 봐도 좋겠어요. 정 없는 것 같다면 제게 보여주셔도 좋겠어요(원래 남에게 더 속마음을 털어놓기가 편하다잖아요). 이미 많겠지만, 저도 마찬가지로 독자님의 편이니 어디서든 언제든 응원하고 있을게요. 긴 글 읽어주셔서 고맙습니다.」

메시지를 전부 적어 보낸 뒤에, 나는 양손의 모든 손가락을 접었다 펴면서 한숨을 내쉬었다. 그러면서 생각했다. 나는 큰 가르침을 행할 수 있는 사람은 못 되겠구나. 한 번에 많은 사람에게 광범위한 가르침을 주는 것보다는, 이렇게 한 사람의 고민에 하루를 꼬박 소비하는 사람밖에는 될 수 없는가 보다. 그리고 다시 생각했다. 이게 맞는 방식이라고. 다른 사람은 몰라도 나는 이래야만 한다고. 오늘도 잘 해냈다고.

참 스승, 선생으로 불리기보단 거지 또는 건달 소리를 들어도 좋으니 언제까지나 진실하고 작은 것들에게 마음을 쏟아붓는 사람이고 싶다. 넓게 퍼뜨리기보다는 깊게 파고들어 가며 살고 싶다. 수많은 질문과 고민 앞에서 널리 널리 통용되는 대답을 주기보단, "내 경우엔"이라는 말로 대답하기 시작하는 사람이고 싶다는 말이다.

되돌아가고 있을까

시작은 오혁의 목소리에서부터였다.

내게는 종종 유희열의 스케치북을 돌려보는 버릇이 있다. 그날도 그랬다. 그게 몇 회차였는지, 몇 년도의 방송분인지는 기억나지 않는다. 다만 밴드 혁오가 출연해 '공드리'를 부르고 있었다는 것 정도만 기억난다. 워낙 좋아하는 노래였으니까. 컴퓨터 화면을 보며 키보드를 두드리면서도 그 멜로디를 휘파람으로 따라 불었다. 그리고 유희열과 혁오가 나누는 몇 마디의 잡담. 나는 유희열 씨의 말하기 방식을 좋아한다. 점잖은 듯하면서도 어딘가 모르게 계속 웃기는 말투. 한때는 저 말투를 따라해보려고 부단히 애썼는데.

아무튼 그렇게 작업을 하다가 들려온, 어디선가 들어본 멜로디가 마음 깊은 곳에 파고든 거다. 아마 중국어 노래 같았는데, 가사도 모르면서 그 노래가 무작정 따뜻하게 느껴졌다. 가사의 뜻과 그 곡이 수록된 영화까지 찾아보게 되면서 조금씩 그 노래와 익숙해지기 시작했다. 영화 첨밀밀의 사운드트랙인 월량대표아적심이라는 노래라더군. 혁오가 부른 것도 좋았지만, 장국영이 언젠가 무대 위에서 부른 것도, 아시아의 가희로 유명했던 등려군이 부른 것도 좋았다.

그 노래는 가사가 다 기억나는 것도 타격감 있게 들리는 것도 아니었지만, 길을 걷다가 무언가를 타고 다니다가 보면 이따금씩 떠올라 내게 유튜브를 뒤져보도록 했다. 나는 앞서 말한 오혁이 부른 것을 한 번, 그리고 장국영이 부른 것을 한 번, 등려군이 부른 것을 한 번씩 돌아가며 듣곤 했다. 그리고 이건 등려군이 부른 것을 듣던 때의 일이다.

4년 전에 누군가가 남긴 댓글 하나가 눈에 들어왔다. 사천 개가 넘는 좋아요와 오백 개의 대댓글이라니. 나는 도대체 어떤 댓글이길래 이토록 큰 호응을 얻고 있는지가 궁금해서 '자세히 보기'를 눌렀다. 댓글의 내용은 이랬다.

-89년 초임 항해사 시절 H사의 화물선을 타고 카오슝에 상륙 나가서 시내를 돌아다니다 우연히 듣던 곡. 너무나 여운이 남아 당직 때 혼자서 흥얼거리던 노래. 그리고 지금은 중년의 나이가 되고 아직도 캡틴으로 승선하고 있지만, 혼자서 듣고 있으면 89년 당시의 젊고 싱싱한 항해사로 돌아간 느낌이다. 다시 돌아가고 싶은 그때. 너무나도 그립다.

그리고 그 댓글에 맨 처음으로 달린 '댓글에 대한 댓글'은 이렇게 말하고 있었다. 89년, 내가 태어난 해라니. 오래전부터 바다에 계셨네요. 그리고 댓글의 주인(앞으로는 캡틴 박이라고 하겠다)은 이렇게 대답했다.

'그렇죠. 87년 12월에 범양상선에서 실기사 마치고 88년도부터 H선사의 3항사로 배를 탔었죠. 이제는 이 노래를 들으면 눈물이 자꾸 납니다. 89년생인 젊은이. 늘 행복한 하루, 젊음을 최대한 즐기길 바랍니다. 저는 제 젊음을 바다에 던지고 후회는 없지만, 가끔 여느 젊은이처럼 제대로 즐기지 못한 점 늘 아쉽답니다.'

그때부터 댓글이 조금씩 많이 달렸다. 돈이 먼저일까요? 기억에 남는 바다 위에서의 기억이 있나요? 와 같은 질문들에서부터, 귀한 조언에 감사드린다는 말, 명절 잘 보내시라는 말들이 오가기 시작했다.

글을 하나씩 읽으며 캡틴 박에 대해 알게 된 것은, 댓글을 쓸 당시에는 여전히 캡틴이었지만, 3년 전에 댓글을 남긴 시점에는 은퇴를 한 상태였고, LA에서 가족과 시간을 보내고 있다는 사실 정도였다. 나는 얼굴도 모르는 늙은 항해사의 이야기가 더 듣고 싶어져서, 부지런히 손가락을 움직이기 시작했다. 나와 같은 마음으로 캡틴 박을 궁금해하는 사람이 많은 것 같았다.

'그 당시에 우리나라에선 바나나와 오렌지가 귀한 과일이었지요. 하지만 배를 타다 보면 선원의 부식은 현지에서 구매하는 것이 가장 저렴하기 때문에 후식으로 하루 두 개의 오렌지를 배급하든지 덜 익은 바나나를 큰 송이째 사서 하루 한 개를 주었어요. 8개월 만에 한국에 입항할 때 선원들은 세관에서 밀수품이 있는지 짐 검사를 하는데, 저마다 모두 포대자루를 들고 있길래 깐깐한 세관원이 무엇이 들어있는지 물었지요. 그중 한 선원이 말하더군요. 집에 애들 좀 주려고 그런다고요. 즉, 매일 간식으로 나오던 그 오렌지를 맛 한 번 안 보고 모아두었다가 가족들을 챙겨주었지요. 그러자 그 깐깐하고 냉정한 세관원들이 그냥 통과시켜주었지요. 마치 새콤한 오렌지 향이 코끝에 스쳤는지 코끝이 찡해짐을 느꼈지요.'

'할 일 없는 늙은이의 말동무들을 해주어서 감사합니다.'

'한국은 지금 많이 덥다죠? 제 손주가 이쁘니 남의 손주도 걱정이 된답니다.'

캡틴 박이 쓴 글을 하나하나 읽을 때마다 마음이 점점 따뜻해짐을 느꼈다. 어쩌면 저렇게 한마디를 하는 데에도 상대방을 향한 배려와 존중이 있는 걸까. 어쩌면 진짜 어른스러움이라는 건 이런 말들을 보고 하는 말이 아닐까. 그때부터 나는 종종, 등려군의 노래를 듣고 싶을 때마다, 그리고 캡틴 박의 글을 읽고 싶을 때마다 유튜브를 켜곤 했다.

그러다 2년 전쯤이었을까. 수많은 사람들이 캡틴 박에게 뭔가를 묻거나 감사를 표하는데도 좀처럼 그는 답변을 하지 않아서 궁금하던 차에, 그가 새롭게 남긴 댓글을 읽게 됐다. 정확히는 그의 ID로 남긴 댓글이었다.

'아버님의 큰아들 되는 사람입니다. 아버님의 상을 치르고 핸드폰을 보던 중, 여러분들과 아버님께서 소통하신 글들을 보았습니다. 갑작스레 돌아가신 아버님도 그립고 그간 말동무를 많이 해드리지 못한 제 모습에 반성하게 됩니다. 그간 아버님께 댓글 달아주시고 아버님의 말동무가 되어드린 여러분 감사드립니다.'

아, 그랬구나, 돌아가신 거였구나. 그래서 한동안 말씀이 없으셨던 거구나. 나는 얼굴 한 번도 뵙지 못한 분의 명복을 오래 빌었다. 사실 말동무가 되어 주어서 고마워해야 할 사람은 나와 같이 흔들리고 고민하는 젊은이들이었을 텐데.

캡틴 박은 2년 전에 돌아가셨지만, 아직까지도 그의 댓글에는 수많은 대댓글이 새롭게 이어지고 있다. 아드님 역시 아버님이 돌아가신 지 1년이 지났을 때 한 번, 그리고 다시 몇 달에 한 번씩 종종 캡틴 박의 ID로 선친을 추억하거나 애도를 표한 사람들에게 감사를 표하고 있다. 캡틴 박의 새로운 조언이나 응원들을 이제는 들을 수 없게 됐지만, 나 역시 아직도 종종 그곳을 찾아가 마음을 쉬게 하기도 한다.

오늘도 등려군의 노래를 들었다. 그리고 무의식적으로 캡틴 박의 이름을 찾으려 눈을 움직였다. 캡틴 박의 댓글 바로 아래에는 이런 댓글이 걸려 있었다.

'이 노래는 진짜 원곡이 최고다. 그리고 이 영상이 좋은 이유는 자신들의 추억을 이야기해주는 댓글들 때문이다. 읽다 보면 그냥 평범한 우리들에게도 돌아보면 BGM이 깔린 영상마냥 특별한 순간이 있는 것 같아서.'

정말 그렇다. 어른스럽게 인자하게, 정말 잘 살아낸 삶은 저토록 수많은 사람에게 감동을 주고 위로와 응원이 되어주니, 한 편의 영화와도 다름이 없을 것이다. 나 역시도 지금은 내게 주어진 지금만을 살아내느라 아등바등하고 있지만, 삶을 긴 텀으로 사는 것에 능숙해진다면, 그와 같이 천천히, 항해를 하듯 그리고 근사한 음악 속에서 연기를 하듯 해내고 싶다.

캡틴 박은 되돌아가고 있을까. 밤바다를 헤치며.

지직거리는 라디오를 통해 등려군의 노래를 들으며.

오렌지를 품고 왠지 코끝이 찡해지는 젊은 날의 그 언젠가로.

할 수 있는 건 다 했잖아요

가끔 그런 영화가 생각나는 날이 있다. 음악에서건 미술에서건 수학 등의 학문에서건, 분야를 막론하고 천재성을 지닌 주인공이 활약하는 영화. 그들은 아무리 주변의 환경이 열악하고 그들을 질투하는 사람이 있어도, 자신이 지닌 빛나는 재능으로 끝끝내 승리를 거두곤 했다. 나는 그들을 보는 게 좋았다. 그들의 승리, 그들의 재능을 보는 게 좋았다. 그리고 나도 언젠가는 내가 지닌 재능으로 세상까진 아니어도 내 인생 하나 정도는 구원해내고 싶었다.

창작하는 것에 진심이 되고, 내가 내 일을 얼마나 잘하느냐에 따라서 보상이 결정된다는 것을 알게 된 이후로, 내가 가장 무서워했던 것은 늘 한계에 다다랐다는 걸 느끼는 일이었다. 정말 좋아하는 일이라서, 잘하고 싶어서 최선을 다했는데 마음처럼 안 될 때, 결과가 만족스럽지 않을 때, 무능함과 무력감을 느낄 때. 그럴 때면 이제는 그만 놓아줘야 하나, 나는 왜 이렇게도 애매한가 혼잣말하며 괴로워만 했었다. 그렇게 나는 내 인생이 드라마나 영화에 나오는 천재들의 것이 아니었다는 것을 조금씩 깨닫고 있었다.

스물여섯, 그해에도 나는 꿈과 현실 사이의 어딘가에 서서, 그 둘을 이어줄 재능이라는 밧줄이 너무 짧아서 괴로워하고 있었다. 나보다 어린 천재 작가는 벌써 어디어디 대회에서 상도 타고 인세도 몇억을 벌었다는데, 나는 그 사람의 발톱에도 미치지 못하고 있는 것만 같다는 생각에 매일이 수치스러웠다. 아닌 게 아니라 당시에 글로 버는 돈은 한 달에 삼십만 원이 채 되지 않았고, 어떻게든 생계를 꾸리기 위해서 글쓰기와는 전혀 상관이 없는 학원 강사 아르바이트를 하고 있었으니까.

내가 일하는 학원은 초등학생과 중학생들에게 영어를 가르치는 단과학원이었다. 그리고 그해 여름에는 방학 특강이다 뭐다 해서 낮부터 저녁까지 아이들의 한가운데에서 이것저것을 가르치느라 여간 고역이 아니었다. 그때 내 강의실에는 이유는 알 수 없지만 피아노가 한 대 놓여 있었다. 그리고 점심시간마다 옆반 민정이라는 아이가 와서 피아노를 연습하다가 가곤 했다. 지금은 잠깐 학원을 안 다니고 있지만, 언젠가는 음대에 진학해서 꽤 괜찮은 피아니스트가 되는 게 꿈이라고 했다. 그런데 어느 순간부터 가만히 들어보니, 매일 똑같은 노래를 연주하고, 또 매일 똑같은 부분에서만 손이 엉켜 틀리고 있는 게 아닌가.

잘은 몰라도 꽤 어려운 곡이 아닐까 생각했다. 매번 저렇게 온 힘을 다해야 하고, 똑같은 부분에서 틀리는 것을 보면 말이다. 나는 민정이가 매일 그렇게 재능 또는 현실의 벽에 부딪히는 것을 보고는, 지금의 나를 보는 것만 같아서 괜히 동질감을 느끼기도 했었다. 그런데 자세히 보니, 민정이에게는 나와 완벽하게 다른 점이 하나 있었다. 매번 열심히 연습하고, 매번 똑같은 부분에서 틀리고는, 아무런 미련 없다는 듯한 후련한 표정으로 내게 인사를 건네곤 교실을 나서곤 했던 것이다. 하루는 어떻게 하면 그런 표정을 지을 수 있는지가 정말로 궁금해서, 친하지도 않은 민정이를 불러세우곤 이렇게 물었다.

"민정아, 요즘 맨날 똑같은 것만 치고 맨날 똑같은 부분에서 틀리는데, 어쩜 그렇게 밝은 표정을 지을 수가 있는 거야?"

조금 무례한 질문이었나 싶어 아차 싶었지만 진심이었다. 궁금해서 미칠 지경이어서 물어본 거였으니까. 민정이는 마찬가지로 후련한 미소를 지으며 내게 이렇게 대답했다.

"할 수 있는 건 다 했잖아요."

머리를 얻어맞은 기분, 고작 내 삶의 반절 정도만을 살아낸 중학생의 대답은 너무나도 심플하지만 또 너무나도 대단한 진리처럼 내게 와서 닿아버렸다. 그래, 할 수 있는 걸 다 했는데 낙담하고 온종일 기분 나빠할 이유가 사실은 어디에 있겠는가. 후회하지 않을 만큼 도전해보고, 후련함을 느끼면 그걸로 된 거지. 그리고 며칠 동안 그 아이의 연주를 더 지켜본 결과, 매번 틀렸던 부분이 조금 더 매끄러워지고 연주를 하는 표정도 여유로워지는 것이 피아노를 잘 모르는 내게도 보이기 시작했다. 놀랍게도 조금씩 연주가 좋아지는 게 보였던 거다.

그 이후로 몇 년이 지난 지금까지도, 한계에 다다랐다는 생각이 들 때마다 나는 종종 민정이의 얼굴을 떠올린다. 덕분에 나도 다르게 생각할 수 있게 된 거다. 한계에 다다라 막막함을 느끼고 있다는 말은, 다르게는 내 능력 안에서 내가 할 수 있는 것은 다 했다는 말이 될 수도 있을 것이다. 저번보다도 얼마간 성장한 내가, 심지어 그 능력의 십 할을 전부 쥐어짜내게 됐다는 말, 내 힘을 온전히 다 다룰 수 있게 됐다는 말이 되는 것이다. 그러면 정말로 조금 후련한 기분이라도 들었다. 적어도 후회할 일은 없겠구나, 그렇게 생각할 수 있게 됐다. 조금은 건강해진 느낌마저 들었다.

모든 근육은 찢어질수록 강해진다. 더 커지고 더 좋은 효율을 내기 위해서는, 근육이 찢어질 정도로 강도 높은 운동이 반복되어야 하는 것이다. 한계까지 운동능력을 쥐어짜내야만 한다는 말이다.

내 앞을 가로막고 있는 여러 벽에 부딪힐 때마다 나는 시도 때도 없이 아팠지만, 기어코 그를 뚫어낸 뒤의 나는 늘 어제보다 조금 더 여유를 아는 나였다. 늘 그랬듯 쉬운 게 하나도 없는 나날이다. 그래도 이 껍데기를 깨고 나가면 뭐라도 조금 더 나아져 있을 거라고 생각하니 아주 조금은 웃을 수 있게 된다.

방향은 다르지만, 나름대로 잘 나아가고 있다. 우리 모두.

울게 되기를

피도 눈물도 없는 사람이라는 말을 의외로 자주 듣는다. 화가 난다거나 억울했던 적은 없다. 그냥 좀 신기했다. 내가 그만큼 인정이나 동정심도 없는 냉혈한으로 보였구나 하고. 그도 그럴 게 실제로 사람들 앞에서 울거나 활짝 웃는 경우가 거의 없긴 했으니까.

대신 나는 혼자서 울었다. 울어도 집에서 샤워를 하면서 울거나 밤에 이불을 깨물면서 우는 게 전부였다. 해명하고자 하는 시도도 한 번을 하지 않았다. 제가요, 이래 보이지만 샤워를 하면서도 울고 이불 속에서도 울고 놀면 뭐하니를 보다가도 운답니다, 그렇게 말한다고 해서 얻을 게 없기 때문이었다.

사랑하는 사람이 조금 오래 입원해야 할 일이 있었다. 그 사람이 입원하기 전날에 나는 마침 바쁜 사람이었다. 해야 할 일과 써야 할 글이 유난히 많은 시기였다. 내가 바빴던 탓에 그 사람과 나는 가까스로 시간을 만들어 고작 밥 한 끼만 함께 먹고는 헤어져야 했다. 나 이제 일하러 들어갈게. 너는 그쪽이구나, 그런 이야기를 하고 있는데 야속하게도 신호등에 초록 불이 들어왔다. 건너야 하는 사람은 나였다.

나는 세 발자국을 걷다가 뒤를 돌아보고 손을 흔들었고 다시 다섯 발자국을 걷다가 다시 손을 흔들었다. 그리고 그 사람 역시 처음 그 자리에 서서 내게 손을 흔들어주고 있었다. 그걸 다섯 번쯤 반복하니 그 사람이 손톱만큼 작아졌다. 그 사람은 손톱만큼 작아졌는데도 손을 흔들고 있었다.

와, 이러다 울 것 같은데.

문득 그런 직감이 들어서 조금 더 빨리 걷고 조금 덜 뒤를 돌아보았다. 그렇게 건물로 들어오고 난 다음에 그 사람이 손을 흔드는 모습은 보이지 않았고, 나는 울지 않을 수 있었다. 아니, 화장실로 얼른 가서 걱정했던 것만큼 많이는 울지 않을 수 있었다.

하지만 그게 '덜 울 수 있었다.'라고 말하는 게 맞는 일이었는지. 과연 그게 좋은 일이었는지는. 그날, 아니 그날 이후에도 며칠은 기분이 울적해서 일이 손에 잡히지 않았다. 안 그래도 많은 것이 밀려 있어 급한 와중이었는데, 기분은 나아지질 않지, 일은 안 잡히지, 애꿎은 머리만 잡아 뜯을 뿐이었다. 그리고 지금에 와서 생각해보건대, 아예 벽에 기대어 엉엉 울어버렸었다면, 아니면 바뀐 초록 불 앞에서 그 사람을 껴안고 아이처럼 울어댔다면 어땠을까 싶은 거다. 충분히 울었다면, 어쩌면 다소 맑아진 마음으로 조금이라도 일찍 보통의 상태가 될 수도 있지 않았을까 하고.

감정 섞인 눈물의 이점은 많기도 많다. 후련해지는 것도 후련해지는 것이지만, 의학적으로도 이미 검증이 된 이점들이다. 스트레스호르몬이 눈물에 섞여 밖으로 배출되는 것은 물론, 혈압이 감소해 심장병 위험이 절반으로 줄어든다고 한다. 의학이고 뭐고를 다 떠나서 생각해봐도 그렇지 않은가. 무슨 일이 있을 때 한번 크게 울어버린 사람들이 오히려 더 일찍 웃을 수 있고 그 마음의 문제를 잘 극복해내곤 했으니까.

내가 생각하기에 잘 우는 사람과 잘 울지 않는 사람의 차이는 눈치의 차이인 것 같다. 어어, 이러다간 울어버릴 것 같은데, 그걸 남들보다 빨리 알아채는 사람은 눈물이 없는 사람으로 여겨지고 그걸 늦게 알아채는 사람은 소리 없이 올라오는 눈물에 속절없이 당해 눈물이 많은 사람으로 낙인찍힌다. 그래도 가끔 눈물이 없는 사람도 술이나 기분이나, 밤의 조도나 계절의 습도 또는 온도에 의해 눈치가 둔해지기도 하는데, 겨울밤에 또는 취한 주말에 우는 사람을 더 자주 볼 수 있는 건 아마 그 때문일 것이다. 그러니 어쩌면 모두가 눈물 앞에서는 공평한 건지도 모른다. 다만 그걸 얼마나 빨리 눈치채서 피하거나 못 피하거나의 차이인 것이다.

내가 조금 더 잘 울게 되기를 바란다. 쓸데없이 눈치가 빨라 그게 마음처럼 잘 되지 않는다면, 가끔은 술의 힘을 빌려 날씨의 힘을 빌려 둔해지거나 눈치가 없어진다면, 그렇게라도 잘 울게 된다면 좋겠다.

그리고 한편으론 우는 사람들에게 조금 더 관대한 내가 되어야겠다고도. 펑펑 우는 누군가에게, 겨울의 길거리에서 엉엉 울고 있는 아이들에게, '울면 안 돼' 대신에 '울어도 돼'를 말할 줄 아는 사람이 되어야겠다고.

돌 하나를 쥐고서

대 MBTI의 시대다.

뭣만 하면 너 혹시 무슨 무슨 유형이야? 그 유형이라서 지금 이러는 거야? 하고, 연구와 정책 참고용으로 고안된 지표가 어느샌가 궁합과 재미 같은 것을 위한 게 돼버리고 만 거다. 나 역시도 처음엔 좀 그에 회의적이었지만, 몇몇 정리와 컨텐츠들은 나름대로 일리가 있고 재미있어서 종종 찾아 읽기도 했다.

그리고 그건 유튜브 컨텐츠로까지 제작되기 시작해서, '아무개 유형이 들으면 좋을 플레이리스트', '소름 돋을 정도로 공감되는 아무개 유형의 직장생활'과 같은 동영상들이 넘쳐나고 있다. 나 역시 전부는 아니더라도 내 유형이 적혀 있는 제목이라면 자주 눌러보곤 한다.

그렇게 내심 그것들을 즐기고 있는데, 문득 동영상의 댓글들이 눈에 들어왔다. 너무 내 마음, 내 상황과 똑같아서 위로가 된다는 내용, 이런 내 마음이 가끔은 감당되지 않아서 지칠 때도 있다는 내용, 그래도 나 같은 사람이 여기엔 이렇게나 많아서 반갑다는 내용들이었다. 정말 그랬다. 나도 나 같은 사람은 나밖에는 없다며 살고 있었는데, 완벽하게는 아니더라도 나와 꽤 닮은 마음을 가진 사람들이 거기엔 많아서, 뭐랄까, 조금 마음이 놓였다. 언제까지고 앉아 있고만 싶은 카페 같았다. 그러다 문득 궁금해졌다. 내 유형이 아니라 다른 성격 유형의 사람들도, 그들끼리 댓글창에 모여 우리처럼 떠들고 있을까 하고. 그래서 이 유형 저 유형의 동영상에 들어가 댓글들을 읽어보는데.

어떤 유형이 됐건 간에 그들의 댓글에 그들도 위로받고 있더라. 나와 날 닮은 사람들만 댓글들을 읽으며 위로를 받는 줄 알았는데 말이다. 어쩌면 사람들은 제각각 자신의 성격 때문에 힘들어하고 있는 게 아닐까 생각했다. 내가 나의 성격 때문에 자책하기도 하고 억울해하기도 하고 힘들어하는 것처럼, 다른 사람들도 그들과 다른 성격유형들 때문에, 어쩌면 나 때문에 힘들어하고 있는 걸지도 모른다고.

아마 모두가 시시때때로 변하는 자신의 마음 때문에 당황스러워하고 있을 것이다. 다만 이 내면의 전쟁통을 다른 마음을 지닌 사람들은 알아보지 못할 뿐이지. 여전히 평온하구나 넌, 그렇게 넘겨짚을 뿐인 거겠지.

-손바닥에 가장 좋아하는 돌을 쥐고 있는 화가 조지아 오키프. 1968

이 작품 제목을 읽은 건 광화문의 한 사진전에서였다. 나는 종종 그림이나 사진이 아닌, 그 옆에 작게 적힌 제목이나 설명을 먼저 읽고 그다음에 작품을 보곤 했다. 그때도 그랬다. 가장 좋아하는 돌이라, 어떻게 생겼기에 돌에 '가장 좋아하는'이라는 말을 쓸 수 있었을까. 나는 호기심 가득한 눈빛으로 작품으로 눈을 옮겼다. 거기엔 정말 돌이 있었다. 화가가 손바닥 위에 돌을 올려놓고는 카메라를 향해 내밀고 있었다. 검고 매끈하고, 손바닥 안에 폭 들어오는, 마치 찹쌀떡과 같은 모양과 크기의 돌을.

좀 혼란스러웠다. 그냥 돌인데 그녀는 이걸 왜 가장 아꼈던 걸까 하고. 그리곤 곰곰이 생각해봤다. 화가가 검고 매끈한 돌을 사랑하는 이유에 대해서 말이다. 화가는 돌을 가지고 무엇을 했을까. 아마 그림을 그렸겠지. 좋아하는 돌이라고 했으니, 한 번이 아니라 여러 번 그렸겠지. 얼마나 크고 작게 그리느냐에 따라, 어느 곳에 놓고 그리느냐에 따라, 날씨와 채광이 어땠느냐에 따라 크기도, 빛도, 촉감도 다르게 그려졌겠지.

아마 그래서일 수도 있었을 것이다. 돌은 돌인 상태로 내 손 안에 있는데, 때에 따라 다르게 다가오고 있어서, 그래서 가장 좋아하는 돌이라고 이름을 붙였던 건지도 모른다.

어쩌면 우리는 모두 돌 하나씩을 손에 쥐고 사는 게 아닐까. 타인에게는 흔하디흔하고 별것 아닌 것처럼 보일 수도 있지만, 내게만큼은 가장 소중하고 특별히 여겨지는, 마음이라는 이름의 돌을. 마음은 내 손안에서 커졌다가 작아지고, 뜨거워졌다가 차가워지기를 반복한다. 반짝거렸다가 꺼끌꺼끌했다가 한다.

그러니 우리 조금은, 옆 사람 마음의 생김새에 관심을 가져 보는 건 어떨까. '네 마음은 네 마음이고', '그거 고작 돌이잖아' 라고 생각하지 않기를, 때로는 그를 함께 들여다봐 주며, 그 마음은 오늘 되게 반짝거리네 하면서, 타인의 마음 앞에서 조금이라도 더 다정하고 따뜻해지기를.

사진 여행

아무리 좋아서 하는 일이고 작업을 마쳤을 때 몰려오는 희열도 어마어마하다지만, 원고를 쓰는 일은 기본적으로 사람을 좀 피폐하고 우울하게 만든다. 당연히 그럴 수밖에. 아무도 없는 방 안에 몇 시간을 앉아서 흰 화면과 싸우는 일은 보통의 인내로는 해낼 수 있는 일이 아니다.

그날도 그랬다. 시간은 촉박한데 써야 할 것은 많고, 야속하게도 내 머리와 손은 느려서 어쩔 수 없이 잠을 참아가며 철야 작업을 하고 있을 때였다. 그렇게 밤을 새우고 있는데, 자주 연락하는 친구가 뜬금없이 사진 한 장을 보내왔다. 주말 동안 제주도로 놀러 간다더니 또 무슨 자랑을 하려고. 그렇게 한숨을 푹푹 내쉬며 핸드폰을 열어봤는데, 화면 안에는 좀 낯익은 건물이 있었다. 나는 돌연 눈을 동그랗게 뜨며 외쳤다. 어, 여기!

사진 속에는 작년 봄, 나와 그 친구가 두 달가량 제주살이를 할 때 꽤 오래 묵었던 에어비앤비 숙소가 있었다. 제주의 여러 관광명소들과는 좀 동떨어진 선흘리라는 고즈넉한 동네에 있는, 작지만 따뜻하게 생긴 건물. 주변으로는 고양이가 맞는지 의문스러울 정도로 살가운 고양이가 하루에도 몇 번이고 어슬렁거렸던 곳. 친구는 고맙게도 우리의 추억이 깃든 장소의 사진을 찍어 보내준 것이었다.

"지나가다 우연히 발견해서 찍어봤다."

"와, 이게 얼마 만이야. 고양이는 있어? 사진만 봤는데도 부르면 나타날 것만 같아."

나는 조금 전까지의 피로는 온데간데없이 신나서 떠들고 있었다. 그렇게 따분하고 지치는 와중이었는데, 한순간에 여행이라도 온 것처럼 코가 뻥 뚫리는 기분이었다. 그래서 고마웠다. 주말 동안에 간 거였으면 다른 곳 구경하기에도 빠듯했을 텐데. 그 시골까지 가서 사진을 찍어 보내줬다니. 정말로 지나가다 우연히 발견한 거였더라도 나한테까지 보여줄 생각을 했다니.

나는 사진을 쓰다듬으면서, 또 이곳저곳을 확대해보기도 하면서, 오래 그 사진을 들여다보았다. 그리고 그 밤에는 평소보단 덜 힘들게 작업을 마무리할 수 있었다.

'가끔 저 옆에 바다를 가고 싶을 때, 바다 사진을 봐. 거긴 내가 있잖아.'

프라이머리와 오혁이 함께한 〈Island〉라는 곡의 가사 일부분이다. 나는 운전을 하거나 산책할 때마다, 거의 항상 그 구절을 흥얼거렸다. 노래가 부끄러울 땐 휘파람이라도 불었다. 이유는 몰라도 그 부분이 가장 좋았다.

그제야 알았다. 내가 그토록 그 가사를 자주 흥얼거렸던 이유. 나 역시 그렇게 살고 있었던 거구나. 추억 속에서 버티며 살고 있었구나. 바다가 그리워지면 바다에 있었던 나를 들여다보는 방식으로. 방에 갇혀 있을 때 반대로 온 사방이 트인 섬을 구경하는 방식으로.

한때는 거기에 있었으나 지금은 가지 못하는 곳에 가고 싶을 땐, 그 한때의 추억을 꺼내 들여다보면 된다. 조금 많이 아쉽고 직접 보는 것만 못하겠지만, 그 시절의 추억을 음미하면서 조금이라도 덜 추워할 수 있을 테니까.

또한 그것들을 잊고 있었을지라도 종종 먼저 말을 꺼내오고 사진을 보내와서 일깨워주는 사람, 내가 한때 정말 행복에 겨워했었다는 것을 기억할 수 있게 해주는 사람을 곁에 두고 있다는 것 역시 삶의 아주 커다란 행복 중 하나일 것이다.

힘들었지?

때로는 누군가의 시련이나 상처가 재산처럼 느껴질 때가 있다. 그 사람은 그런 일을 겪었다던데. 또 어떤 사람은 이따만큼이나 지옥 같은 시간을 거쳐왔다던데. 그래서 그런 글을 쓰고 그런 곡을 썼다던데.

좀 철없는 생각이지만, 내게는 그런 커다란 시련이 없었던가 하고 생각해본 적이 있었다. 다른 사람들에겐 저마다의 그럴듯한 사연과 파도들이 하나씩은 꼭 있던데, 내게는 그런 일이 없었던가 하고. 있었다면 그를 빌미 삼아서 극적이고 눈물 냄새가 나는 글이나 몇 개 뽑아볼 수 있었을 텐데 하는 알량한 생각에서였다. 하지만 아무리 한 살 때부터의 인생을 되감기 해봐도 생이 흔들릴 만한 투병기라든지 몇억의 빚더미 속에서 허우적댔던 기억 같은 건 없었다. 좀 이상했다. 나는 내가 그다지 행복한 편은 아니라고 생각했는데. 그렇게도 고난과 시련이 없었다고? 이만큼이나 평탄한 인생이었다고?

정말 의외로 파도 없이 잔잔하고도 평온한 삶을 살아왔던 건지도 모르지만, 내게 커다란 시련이 없는 것만 같았던 이유는 내가 그것들을 커다랗게 여기지 않았기 때문이 아닌가, 라는 생각을 했다. 누군가는 그를 듣고 그럼 좋은 거 아니냐고 말할 수도 있다. 하지만 문제는, 나는 커다란 시련이 아니라고 생각했던 일이 사실은 정말로 무지 커다란 일이었다면? 교통사고를 겪은 몇몇 환자들처럼, 얼마간의 시간이 더 흘러서야 어떤 통증이 발현되고 후폭풍이 다가오게 된다면? 그럼 그건 그 나름대로 큰일이 아닌가?

유년기의 트라우마를 곤히 잠재운 채로 살아오다가, 결혼

이후의 부부관계가 트리거가 되어 무척 힘들어하는 사람, 가정폭력에 시달려온 사람, 그리고 그걸 나름대로 잘 버텨왔다고 자부하던 사람이, 본인의 얼굴이 나이가 들어감에 따라 점점 그 폭력의 가해자를 닮아가서 괴로워하는 모습 같은 것들을 몇 번쯤 봐왔다. 그리고 그들이 눈물을 뚝뚝 흘리면서 하는 말은 거의 똑같았다. 괜찮을 줄 알았는데. 괜찮은 줄 알았는데….

'힘들었지?'라는 말을 들으면, 사람들이 백이면 백, 평소에 씩씩하다는 말을 듣곤 하는 사람들마저 눈물을 왈칵 펴 올리는 이유는, 자신도 몰랐던 자신이 그간 많이 힘들어하고 있었기 때문이다. 이 정도는 마땅히 버틸 수 있다고 생각했던 일이 사실은 버티기 힘든 일이었기 때문이다.

안 좋은 일은 사실 안 겪는 것이 가장 좋다. 하지만 그 어떤 삶이 좋은 일들로만 가득할 수 있겠는가. 어쩔 수 없이 엿 같은 일을 겪고 아파하고 슬퍼해야 하는 삶 속에서, 조금이라도 서서히 나은 삶을 살아가는 방법은 지금의 내 고통을 인정하는 일뿐이다. 나의 어떤 부분이 이만큼이나 다쳤다는 것을 알아차리고, 다시 그 부분이 다치지 않도록 좀 더 조심하게 되고 사람들에게 알리는 일이다.

그리고 그런 것들은 도무지 혼자서는 해낼 수 없는 일들이다. 등에 난 상처를 혼자 발견해낼 수 있는 사람은 없다. 누군가가 '너 어디서 다쳤는데? 등에 뭐 긁힌 적 있었어?' 하고 말해줘야만 비로소 거울 앞으로 달려가 그를 확인할 수 있게 되는 거다.

그러니 정말로 좋은 삶을 산다는 건, 어쩌면 어떤 일을 겪고 안 겪고가 아니라 어떤 일을 겪어온 삶을 살든 그렇게 물어봐 줄 사람이 주변에 있는지에 의해 판단해야 하는 일이 아닐까 싶다.

나는 괜찮게 살고 있다고 생각하는 사람, 하지만 누구도 힘들었는지를 물어오지 않는 사람, 대신에 '재는 워낙 단단한 애니까' 정도의 말들만 듣는 사람이 거기 어디쯤에 또 있다는 걸 잘 안다.

나는 그런 당신을 울리기 위해서가 아니라, 나와 같은 당신들을 위해, 같이 힘들었던 얘기나 하자고 하고 싶어서 물어보고 싶다. 경험해본 결과 안에서 상처나 아픔을 삭이는 것만큼 속으로 골병이 드는 일도 없는 것 같다고. 그러니까 조금이라도 더 나은 삶을 살자고 말하고 싶다. 그래서 이렇게 물어보고 싶은 거다.

힘들었지? 라고.

3부

당신에게 좋은 일이 있을 것입니다

구층 사는 여자

하루를 마치면 보통 여덟 시나 아홉 시쯤 된다. 이후에 운전을 해서 집에 간다거나 닫기 일보직전의 헬스장에 간다거나, 집에 가서 몇 글자를 더 적는다거나 하는 건 내게는 '오늘의 일과'에 해당하지 않는 일들이다. 여덟 시에서 아홉 시 사이에 작업실 문을 나서면, 나의 공식적인 일과는 끝난다. 그 이후에 하는 것들은 온전히 내가 하고 싶어서 하는 것들로만 꾸리려 애쓰고 있다.

그날도 여덟 시쯤 공식 일과를 마치고, 헬스장에 가서 다리 운동을 했던가 등 운동을 했던가, 하여튼 기진맥진해진 와중에 간신히 차를 몰고 와 주차장에 차를 댔다. 운동을 한 날엔 계단을 오르는 것도 평지를 걷는 것도 예삿일이 아니다. 나는 좀 아픈 사람처럼, 며칠은 굶은 사람처럼 아파트 현관을 향해 걸었다. 현관 공용 비밀번호도 삑, 삑, 삑, 삑… 힘없이 눌렀다. 그리고 다시 터덜터덜 엘리베이터 쪽으로 걷는데, 저 앞 엘리베이터 문이 열려 있는 게 아닌가. 조금 전에 누가 내렸나 생각해보면 아니었다. 누군가가 나오다가 나와 스친 기억이 없었으니까.

자세히 들여다보니 안에는 사람이 있었다. 작은 체구의 여자 한 명이 열림 버튼을 누르고 있는 모양이었다. 아, 나를 위해 올라가지 않고 있었다니. 친절한 사람. 나는 얼른 엘리베이터에 타며 고개를 숙였다. 그분께서 마찬가지로 고개를 숙이며 눈웃음을 지어주셨다. 나는 십이층을 눌렀고 여자는 구층을 눌렀다. 구층에 사는 분이시구나.

그렇게 엘리베이터 문이 닫히고 십 초쯤 지났을까. 구층입니다, 해당 층에 도착했음을 알리는 목소리가 울리고 문은 열렸다. 나는 여자가 내리자마자 닫기 버튼을 누르려 주머니에서 손을 빼고 있었다. 그런데 별안간 작은 목소리가 들려왔다.

"안녕히 들어가세요."

여자는 나와 눈을 마주치면서, 마찬가지로 웃으면서 인사를 건네고 있었다. 나는 너무도 놀라고 머쓱해져서, 주머니에서 뺀 손을 나도 모르게 흔들며 네, 안녕히 가세요, 라고 대답했다. 고개까지 숙이는 건 덤이었다. 처음 보는 사이에 손을 흔들며 고개까지 숙이는 인사라니. 구층에서 십이층으로 올라가는 내내 얼굴이 화끈거려 혼났다.

거실에는 엄마가 있었다. 나는 혹시라도 그 여자와 엄마가 아는 사이인가 하여 이렇게 물었다.

"구층 사는 젊은 여자랑 혹시 아는 사이야?"
"아니, 왜?"
"아니야, 그냥."

나는 대충 둘러대곤 방으로 들어왔다. 기분이 이상했다.

그냥 인사만 주고받았을 뿐인데 왜 이렇게 묘한 마음이 된 걸까. 그렇게 티비를 보다가, 우유를 한 잔 마시고 몸을 씻고, 잠자리에 누웠다가, 그제야 그 이유를 알았다. 이유가 너무도 심플해서 코웃음이 났다. 바로 내가 먼저 인사말을 들었기 때문이었다.

나는 아파트에서건 상가에서건, 같이 타고 있는 사람이 나이가 많건 어린아이였건, 한 번도 빠지지 않고 '안녕히 가세요' 혹은 '안녕히 계세요'라는 인사를 건네곤 했다. 그때마다 반응은 제각각이었다. 어떤 사람은 조금 놀라며 네, 안녕히 가세요, 대답해주기도 했고, 어떤 사람은 위아래로 나를 훑으며 서둘러 내리기만 하는 사람도 있었다. 또 어떤 사람은 갑자기 원치도 않는 모 종교 이야기를 꺼내기도 했었고……. 뭐, 어떤 모범적인 대답 같은 걸 바라고 건넨 인사는 아니었기에 반응이야 어땠든 상관없었다. 하지만 조금 아까와 같이 저쪽에서 먼저 '안녕히 들어가세요'가 들려오는 것은 처음이었던 거다. 그래서 그렇게 기분이 이상했구나, 그건 은근히 나쁘지 않은 기분이었다.

'안녕하세요. 맛있게 드세요. 좋은 시간 보내세요. 멋진 밤

되세요. 안녕히 주무세요. 건강하세요.' 인사말들은 각각의 의미들로 사람을 기분 좋게 한다. 그리고 나는 내가 건네는 인사들로 상대방의 기분이 조금이라도 산뜻해지기를, 좋아지기를 늘 바란다. 심지어 그게 한 번 보고 영영 마주치지 않을 수도 있는 남일지라도 말이다. 그리고 그렇게 지내다 보면 그날의 그 여자처럼 저쪽에서 먼저 내게 기분 좋은 인사를 건네오는 날도 있겠지. 나는 아마 그때에도 똑같이 기뻐할 거다. 잠에 드는 순간까지 그럴 거다. 인사의 의미를 아는 만큼, 그동안 수많은 인사를 이쪽에서 먼저 건넸던 그만큼 더 기쁠 거다.

어떤 사람들은 말한다. 주변 사람들을 행복하게 만드는 데에는 어느 정도의 물질과 노력이 필요하다고. 하지만 잘 생각해보면, 허무할 정도로 가볍게 오가는 인사말이나 농담들이 오히려 한 사람의 하루를 밝혀주곤 했었다. 마치 꽃을 주고받는 일처럼 말이다. 커다란 것도 쓸모있는 것도 아니지만, 그 꽃 한 송이에 온종일 기분이 좋아지는 것처럼.

우리는 모두 무너지며

그 배우가 우는 모습을 본 건 우연이었다. 요즘 들어 점점 TV와 멀어지고 있었는데, 흥미가 떨어져서도 있겠지만 워낙 바빠서 그런 것도 있었다. 하지만 TV를 보고 안 보고를 떠나서, 가끔씩 그냥 그걸 틀어둘 때가 있다. 평소엔 조용한 게 좋지만, 아주 조금의 소란스러움이라도 필요할 때. 목소리가 필요한데 주변에 목소리를 들려줄 만한 누구도 없을 때 나는 TV를 틀었다. 거추장스러운 효과음이나 배경음악이 덜한 걸 찾아서 채널을 돌리다가, 괜찮겠다 싶은 프로그램이 나오면 리모컨을 내려놓고 다시 하던 일을 했다.

조인성이라는 배우는 십 년쯤 전부터 폭발적인 인기를 끌고, 지금도 스타 배우를 꼽으면 꼭 꼽히곤 하는 배우였다. 문득 손이 멈춘 채널에서, 배우는 끅끅거리면서 서럽게 울고 있었다. 조인성 씨와 차태현 씨 둘이서 구멍가게를 운영하는 예능 프로그램 같았는데, 건물 안에 있는 사람이 듣기를 원하지 않았는지, 급히 건물 밖으로 나와 소리를 죽이며 우는 모양이었다. 해당 리얼리티 프로그램을 챙겨서 보지는 않았었기에 무슨 상황인지는 자세히 알 수 없었지만, 나는 그 배우가 그렇게 펑펑 우는 모습을 보고는 왠지 모르게 따라서 울었다. 웃기지, 일하다 말고 텔레비전 채널을 돌리는 것도 뜬금없는데, 그 TV 안의 배우가 운다는 이유로 갑자기 따라서 울어버리다니.

궁금해져서 찾아본 앞뒤 사정은 그랬다. 원래 주인이 있던 동네 슈퍼를 열흘 동안만 두 배우가 맡아 영업하고, 원래의 사장님은 생애 첫 휴가를 갖는 것이 프로그램의 취지였는데, 열흘 째의 마지막 손님이 바로 가게를 맡긴 나이 지긋한 할머님이셨던 것이다. 사장님은 정체를 숨기곤 가게 영업이 힘들지는 않은지, 보통 몇 시에 일어나곤 하는지를 두 배우에게 물었고, 두 배우는 그녀가 가게 사장님이라는 것을 눈치챘는지 그녀와 이런저런 대화를 주고받았다. 그러던 중 그녀가 "늦게까지 힘드시죠?"라는 말을 조인성 씨에게 건넸는데, 그순간 그의 내면에서 여러 복합적인 감정이 끓어올라버린 것이다. 자신들의 열흘간의 고생과, 그보다 몇십, 몇백 배는 더 길었을 그녀의 고생 같은 것들이 휘몰아치며 눈물을 흘릴 수밖에 없었던 거겠지.

지금껏 워낙 강하고 멋지고, 성숙한 이미지였던 영화배우가 한 예능 프로그램에 나와서 우는 모습을 보고 나도 따라 울어버렸던 이유는 뭐였을까. 그건 아마도 '저 사람도 슬퍼할 줄 알았구나'라는 데에서 오는 놀라움과 안도감 때문일지도 모른다. 내 눈에 너무도 멋있게 보였던 사람들이 있었다. 어릴 때는 엄마와 아빠가 그랬고 조금 더 커서는 선배들이 그랬다. 그리고 그 배우 역시 내가 중학생일 때쯤부터 내내 멋지고 당당한 사람으로 자리를 지키는 이들 중 하나였다.

하지만 언제나 언제까지나 강하기만 한 사람이 어디에 있을까. 늘 꿋꿋해 보였던 사람이 무너져내리는 걸 봤던 일은 한

두 번이 아니었다. 그리고 그것들 앞에서 나는 일일이 함께 슬퍼했지.

우는 법을 모른다고 생각했던 아버지와 어머니는 당신의 부친이 돌아가셨을 때, 그리고 삶이 마음대로 살아지지 않거나 내게 좋은 것을 주지 못했을 때 아이처럼 울었다. 그렇게 커 보였던 선배와 선임들도 각각 더 큰 학교나 더 큰 사회로 나가서 보면 나와 다를 바 없는 아이에 불과했다. 언제까지나 나를 지켜줄 것만 같았던 사람들이 나와 비슷한 선상에서 바들바들 떠는 모습을 볼 때의 기분이란. 그리고 살아 있는 내내 듬직한 모습만 보여줄 것 같았던 그 배우가 우는 모습은, 내게 커다란 충격과 전염되어 오는 설움을 주었지만, 알 수 없는 안도감과 위로도 함께 주었다.

조금씩 조금씩 더 살다 보면 알게 되는 것들이 있다. 그런 줄 알았는데 아닌 것들이 있고 아닌 줄 알았는데 그런 것들 역시 있다. 그리고 어쩌면 사람의 약함과 강함, 눈물의 많고 적음 역시 그런 것 같다. 마냥 약하기만 한 사람은 없는 것처럼, 강하기만 한 사람도 없다는 것. 누구에게나 마음속에는 나름의 서러움과 눈물이 스며 있다는 것. 누구는 강해 보이고 또 누구는 약해 보이는 건, 단지 마음의 연약함이 겉으로 얼마나 드러나느냐의 차이이지 않을까. '멘탈이 단단하다'라는 말은 과연 맞는 말일까. 그것보단 멘탈의 겉껍질이 단단한 편이라는 표현이 조금 더 적절한 게 아닐까.

그러니까 창피해하지 않아도 된다고 말해주고 싶다. 나를 비롯한 나와 닮은 모두에게. 안도감과 위로가 필요하다면 기꺼이 보는 앞에서 울어주고 싶다. 그렇게 나도 울 줄 아는 사람이라고 말해주고 싶다. 너는 남들보다 약하고 물렁거리는 사람이 아니라고. 다 똑같은 사람들 가운데에서 그게 조금 더 눈에 잘 보일 뿐인 거라고.

먹고 사는 일

작업실에서 써놓았던 글 한 편에 대여섯 시간을 매달려 있을 때였다. 옛날엔 이 정도의 작업쯤은 후루룩 해냈던 것 같은데, 그 쉬웠던 게 잘 안 돼서 화가 바짝 났다. 괜히 책상을 내려치기도 하고 욕을 내뱉고 혀를 끌끌 차고…….

그렇게 계속 화를 내다 못해 나는 왜 이렇게 불행한가 하는 생각까지 시작했을 무렵, 갑자기 밖으로부터 와장창창 큰 소리가 들려왔다. 아이 안 그래도 승질 나 죽겠는데 누구야, 나는 뭘 따지기라도 할 사람처럼 창가로 가서 거리를 내다봤다.

싸움이 난 모양이었다. 종종 보였던, 리어카에 폐지를 실어 나르던 할머니와 녹색 바지를 입고 있는 폐기물 처리회사 직원이 서로를 노려보고 있었다. 알아들을 수 없는 말을 서로에게 꽥꽥 지르고 있는 것 같기도 했다. 창문을 슬쩍 열어보니 그제야 조금 알아들을 수 있을 것 같았다. 어디서 싸가지 없이 지랄이야 지랄은. 아니 한두 번도 아니고 할머니가 잘못을 했잖아. 그렇다고 말을 그렇게 하고 상자를 집어던지기를 집어던져. 두 사람은 주변 사람들이 보건말건 서로에게 지랄을 하네, 애비가 그렇게 말버릇을 가르쳤느냐, 그래 나 애비 없다, 와 같이 험한 말을 주고받고 있었다. 두 사람의 관계는 도무지 평화적인 마무리가 지어지지 않을 것 같았다. 창문을 열고 두 사람의 말을 조금 더 유심히 들으니 그제야 사태의 전말을 조금은 알 것 같았다.

할머니는 매일 망원동 일대를 돌면서 폐지를 수집하는 일을 하신다. 생계가 좋지 않아서 그 일이 유일한 수입원이나 다름없다. 폐지를 줍는 일도 속도가 중요하기 때문에, 한 장소에서 너무 오랜 시간을 허비하면 다른 곳의 폐지는 이미 다른 사람들이 주워가버리기 일쑤였다. 그래서 어쩔 수 없이 쓰레기 더미를 헤집고, 필요한 박스만 리어카에 싣고는 얼른 그곳을 뜨곤 했다.

남자도 마찬가지로 이 동네를 돌면서 폐기물을 처리하는 일을 한다. 지자체와 계약한 회사에 소속되어 하는 일이기 때문에, 뭐든 대충 해서는 안 된다. 움직임은 빨라야 하고 내가 지나간 곳은 깨끗해져 있어야 한다. 그런데 얼마전부터 차곡차곡 쌓여 있어야 할 재활용품 더미들이 이리저리 어지럽게 흩어져 있어서 스트레스를 받고 있다. 할머니 한 분이 폐지만 쏙쏙 골라내기 위해 그런다는 것을 알고는 몇 번쯤 이렇게 만드시면 안 된다고 말씀을 드렸었다. 하지만 달라지는 게 없어서 화가 났던 차에, 그 할머니가 또 그러고 있는 것을 오늘 딱 마주쳐버린 거였다.

그러니까 두 사람의 입장을 한 줄로 정리하면 아래와 같았다.

할머니 : 애초에 돈이 안 되는 일이니, 최대한 빨리 움직여야 함. 먹고 살려고 하는 일임.

남자 : 아무리 분주하게 움직여도 시간이 부족하니, 정리할

게 많으면 좋지 않음. 먹고 살려고 하는 일임.

그래, 다 먹고 살려고 하는 일이었던 거다. 먹고 살려고 하는 사람들끼리 부딪혔으니 합의점이 잘 찾아지지 않았던 거다. 내가 양보하거나 사과해서, 다음에 상대방이 또 뭔가를 문제 삼으면, 점점 더 내가 먹고살기 힘들어져버리니까. 결국 두 사람은 누군가가 부른 경찰이 나타날 때까지 서로에게 험한 말을 내뱉고 화를 내는 일을 계속했다.

때때로 '모두가 행복한 방향'이라는 말은 꿈만 같이 느껴진다. 수학의 식에서처럼 딱딱 맞아떨어지는 정답이 없이, 이쪽의 이야기가 이해가 되고 저쪽 이야기도 이해돼서 마음이 괴로워진다. 축하해야 할 일이 있어 사람들을 모아 파티를 열다가 창밖의 먼 곳에서 구급차의 사이렌 소리가 들린다고 해서 지금의 축하를 하지 말아야 하는 것은 아니듯, 이 세상 사람들에겐 각각의 양보할 수 없는 기쁨과 슬픔들, 삶의 애환들이 있는 것이다.

다만 늘 속상한 것은, 가끔 사람들은 자신이 자신의 삶의 당사자라는 이유로, 다른 삶을 사는 다른 사람을 이해하지 않으려 한다는 거다. 험한 말을 서로에게 내뱉곤 한다는 거다. 그저 사람 대 사람으로, 사람답게 말하고 서로를 위해준다면, 어느 정도는 양쪽 모두가 100% 행복할 수 있는 정답까진 아니어도, '각자 일리가 있는 가설들' 정도로 인정받을 수도 있는 일 아닐까.

모진 말로 서로에게 상처를 주는 두 사람을 삼십 분 내내 바라보다가, 책상으로 돌아와서는 노트와 노트북을 덮었다.

'먹고 살려고 하는 건데 왜 화까지 내고 그래.'

그렇게 생각하니 삶이 조금은 덜 불행하게 느껴졌다. 앞으로도 세상 수많은 사람들의 수많은 가치와 부딪힌다 하더라도 좀 둥글게 충돌하고 싶다. 쉽지는 않겠지만, 누군가를 다치게 하거나 내가 다치지 않도록. 먹고 살고자 하는 사람들끼리 조금이나마 서로를 이해할 수 있도록.

뭐라도 해냈다는 것

많이들 그러고 있으니 대단한 것도 아니지만, 나도 꼴에 운동이라는 걸 다니고 있다.

매일은 아니고 일주일에 서너 번 정도. 주짓수나 복싱 같은 것을 해볼지, 아니면 요즘은 남자들도 요가나 필라테스 같은 걸 많이 한다던데 그걸 해볼지를 고민하다가 그냥, 어디서나 찾아볼 수 있는 피트니스 센터를 다니고 있다.

전에도 몇 번 말했지만, 한때는 꽤 신체능력이 좋았다. 정말 이걸로 진로를 정해볼까, 아주 잠시 고민 정도만 해봤던 종목이 있었고, 군대에 있을 때도 웬만한 체력 평가는 전부 특급을 받았었으니까. 다만 글을 쓰는 걸 업으로 삼고 나서부터는, 허구한 날 앉아만 있으니 점점 몸이 낡아가는 것은 당연한 일이었다. 살이 찌고 근육은 녹고, 관절 마디마디가 아리기 시작했다. 그래서 다시 시작한 운동이었다. 아직까지도 매일매일 너무 늦은 건가 하는 생각이 들지만.

여전히 어린이 수준으로 운동능력이 약한 상황이기에, 근섬유가 커가는 기쁨이나 운동하고 있는 어느 한 부위에 자극이 제대로 먹혀들어가는 쾌감 같은 것은 모른다. 알 턱이 없다. 단지 운동을 할 때 내게 느껴지는 것은 무게와 고통, 그뿐이다.

식단관리까지를 운동의 연장선으로 두면 거기에 무료함까지 더해진다. 하체 운동이라도 한 날엔 그 흔한 계단조차 후덜덜 떨며 걸어 내려오고, 어깨나 등 운동을 한 날엔 잠을 자다 뒤척이는 것만으로 아파서 앓는 소리를 낸다. 염분이 적은 닭가슴살을 씹을 때는, 내가 무언가를 먹고 있구나보단 내가 무언가를 씹고 있구나, 씹는 행위를 하고 있구나, 단지 그런 생각만 들 정도로 맛이 없고 행복하지 않다.

하지만 그만큼이나 아프고 지긋지긋한데도 운동을 아직까지는 계속하고 있는 이유는, 바로 '뭐라도 해냈다는 것'이 오늘 밤의 나를 웃게 하기 때문이다. 무엇 하나 제대로 해내지 못해 미완인 채로 하루를 팽개쳐댔던 때가 내게도 있었다. 회사를 다니거나 무언가를 공부하느냐 하면 그건 절대 아니었고, 그렇다고 글을 한 편이라도 제대로 써냈느냐 하면 그마저도 아니었다. 그저 하루하루를 밥과 돈과 시간만 축내며 죽여갔을 뿐. 하지만 두 시간 남짓한 운동을 마치고 나면, 물론 몸은 아프고 힘들지만, 그래도 해냈다는 작지만 또렷한 성취감이 나를 감싸곤 했다. 그건 가만히 앉거나 누워만 있어서는 따낼 수 없는 진귀한 것이었고 내일도 의미 있게 하루를 보내고 싶게끔 하는 원동력이 돼줬다.

탈의실에서 반팔 반바지를 입고 나와 계단 한 층을 올라가면 수많은 기구들과 거의 그 기구 수만큼의 사람들이 보인다. 사람들은 땀을 뻘뻘 흘리면서 각자 뭔가를 잡아당기거나 밀고 있다. 그중 몇몇은 거의 소리 소리를 지르면서 인상을 쓰기까지 한다.

지금 들어야 할 것들을 묵묵히 드는 사람들은, 가만히 보면 오늘을 착실히 살아내려 애쓰는 우리의 모습과 닮았다. 당장은 좀 괴롭더라도 멀리 봤을 때는 행복한 그림을 그리고 있기를. 누군가에겐 별것 아닐 움직임들이 나의 매일매일에 뿌듯함을 가져다주기를. 그렇게 소원을 비는 사람들로 보인다. 착각일 수도 있겠지만, 그들 옆에서 함께 땀을 흘리고 있으면 나도 제법 삶을 괜찮게 살고 있는 것만 같다.

어쩌면 사람들의 삶 역시 비슷한 방법으로 나아지고, 조금씩이라도 앞을 향해 굴러가고 있는 건지도 모른다. 비록 아무런 특별한 일도 없는 하루였을지라도, 그렇다할 성과를 얻지 못하고 있는 나날을 살고 있을지라도, 그 와중에 무엇 하나라도, 아주 하찮은 무언가라도 해내긴 했다는 사실을 인정하며, 뿌듯해하며, 스스로를 토닥여주며 살아가는 것이다.

오늘 이뤄낸 일들이 아무리 작은 것들이라고 해도 부끄러워하지 않았으면 좋겠다. 그것들은 다른 누구도 아닌 내가 해낸 것들이고, 그 작은 것들이 모여 얼마나 커다란 파도가 되고 높은 탑이 될지는 아무도 모르는 일이니까.

청소

모두가 알겠지만, 컴퓨터 역시 사람의 집이나 책상처럼 가끔 한 번씩은 청소를 해주는 게 좋다. 컴퓨터가 너무 느려졌다거나 오작동을 일으킨다거나 할 땐 보통 포맷을 통해 그 안을 한 번 싹 비워주면 해결이 된다.

참다 참다가 아주 오랜만에 노트북을 포맷했다. 물론 백업도 했다. 출판 관련된 문서들, 강의에 관한 것들을 USB에 담아 미리 안전하게 보관해두곤 컴퓨터 안의 모든 것을 날려버린 거다. 그렇게 다시 처음 샀을 때처럼 빨라진 노트북에 기분 좋아하다가 문득, '내 문서' 폴더 안에 있던 것들, 그리고 그 폴더 안의 그 문서들이 날아가버린 것을 느꼈을 때, 그것들은 차마 백업할 생각을 못 했다는 것을 알았을 때, 나는 아주 작게 탄성을 질러야 했다. 아, 그걸 기억 못했구나 하면서.

물론 그건 아주 작은 탄성이었다. 그 문서들을 미처 챙기지 못했을 때의 기분은 뭐랄까, 택시에 날짜가 지난 신문 뭉치를 두고 내리거나, 지하철역 어딘가에서 여행 기념으로 챙겨둔 영수증들을 흘리고는 열차에 홀연히 올라선 듯한 기분이었다. 꼭 필요한 것, 중요한 것들은 아니었지만, '아! 그거!' 하면서 탄성 한 번쯤은 내지를 만한 문서들.

내 지난 연애편지들의 이야기이다. 내게는 내가 써서 보냈던 연애편지들을 내 문서에 쌓아두는 버릇이 있었다. 물론 종종 열어본다거나 그것들을 꺼내 읽으며 내 지난 사랑들을 추억하는 취미는 없다. 다만 내 문서 폴더에 그때그때, 러브레터를 쓸 때마다 습관적으로 저장을 해놨던 것 같은데, 왠지 지우기엔 뭐해서 남겨놓다 보니 그만큼 쌓였을 뿐이다. 어쩌면 손으로 써서 준 편지는 그 사람에게 주고, 같은 내용을 나도 갖고 있기는 해야 할 것 같아서 남겨뒀던 건지도 모른다.

내 편지쓰기 방법에 대해 먼저 말해야 오해가 없을 것 같다. 나는 정말 잘 쓰고 싶은 편지가 있을 땐, 이것저것을 고민해보고는 컴퓨터로 먼저 편지를 쓰곤 했다. 그야 타이핑으로 글을 쓰는 것이 그때그때 수정하기에도 편하니까. 그러다 '이게 최선이다' 싶을 때 비로소 펜과 종이를 꺼내고 모니터를 보면서 받아적는 식이었다.

그렇게 다 쓴 편지지를 접어 봉투에 넣고는, 컴퓨터 화면을 정리하기 위해 X가 그려진 상자를 누르면 어김없이 메시지가 나타났다, '문서를 저장할까요?' 그리고 나는 그때마다 저장 안 함 대신 저장을 누르곤 했던 것이다. 그렇게 러브레터들이 하나둘씩 쌓여왔던 것이다. 아주 오래전부터.

글쎄, 왜 그랬을까. 나는 왜 늘 두 개의 선택지 중 그 편지를 간직하는 방향을 택했던 걸까? 나중에 사랑하는 사람에게 편지를 써줄 때 참고라도 하려고 그랬던 걸까? 하지만 생각해보면 그만큼이나 몹쓸 짓이 또 없었기에, 그를 다시 열어본다거나 하진 않았다. 그렇다면, 저장해두고 한 번을 열어보지 않은 거라면, 역시나 미련이었던 걸까? 그리고 당시엔 미련이었지만, 오늘의 내가 그것들이 사라져버렸다는 것을 깨닫고 크게 낙담하지 않았던 건, 사랑이라는 감정 앞에서 조금 더 의연하고 성숙한 사람이 되어서였던 걸까? 아마도 맞을 것이다.

사랑 앞에서만큼은, 초보이고 싶고 데이터베이스 없이 늘 전력을 다하는 사람, 약아빠진 사람보다는 어리석은 사람이고 싶다. 사랑 앞에서만큼은, 지나간 신문이나 영수증 뭉치 같은 마음을 그때그때 비워낼 줄 아는 사람이고 싶다. 그때그때의 마음, 지금의 이 마음이 최선이라는 것을 굳게 믿는 사람이고 싶다.

사랑이 시작될 때

나는 늘 사진을 찍는 일에 서툴렀다. 이게 아닌데. 편한 사람들이나 거울 앞에서 보여줬던 내 표정은 이런 게 아닌데. 이렇게 입꼬리를 올렸던가, 눈을 이 정도로 크게 떴었던가 생각하며 애써봐도 카메라 앞에서는 기괴한 표정만 튀어나올 뿐이었다. 카메라가 나를 잡아먹는 것도 아니고 거기에서 뭔가가 발사되어 나오는 것도 아닌데, 나는 매번 그렇게 그것 앞에서는 망가져버리거나 굳어버렸다.

몇 달 전에는 가까운 사람의 촬영을 도와줄 일이 있었다. 대중들 앞에 서는 일을 하는 지인이었는데, 프로필 사진을 새로 찍을 때가 되어서 하는 촬영이었다. 그리고 나는 심심했던 차에 오랜만에 그의 얼굴도 볼 겸 찾아간 것이었다. 사진을 촬영해주시는 작가님과도 어느 정도 친분이 있었기에 커피와 간식거리를 이것저것 들고 찾아갔다. 촬영은 재밌었다. 농담들이 오갔고 찍는 사람도 찍히는 사람도 능숙했다. 나 역시 아는 사람들과 함께였기에 마음이 편안했다. 작가님께서 '휘명 씨도 몇 컷 찍어드릴게요.'라는 말을 꺼내오기 전까지는 말이다.

촬영은 처참했다. 스튜디오가 별안간 기괴한 표정과 갈 곳 잃은 시선들, 목각인형도 잡지 않을 포즈들로 가득 채워졌고, 나는 땀을 비 오듯 흘리기 시작했다. 그렇게 여차여차 그 시간이 마무리 지어질 때쯤, 그날의 주인공이었던 지인이 내 옆에 앉으며 이렇게 말했다. '촬영 진짜 어렵지? 나도 그랬어. 처음엔 어찌나 그렇게 긴장만 되던지.' 정말 그렇다고 대답하며 고개를 들어 그 사람의 얼굴을 보는데, 문득 그 사람이 무척 멋져 보이는 게 아닌가. 마치 모든 것에 통달한 사람, 일이든 사랑이든 능숙하게 해내곤 하는 사람처럼 말이다.

문득 그런 생각을 했다. 마치 사랑이 이와 닮지 않았던가 하는 생각.

누군가를 좋아하기 시작하면 나는 늘 새것 같은 사람이 됐다. 비교적 능숙했던 말과 행동도 그 사람 앞에선(카메라 앞에서 그러했듯) 전처럼 나오지 않아 곤혹스러웠다. 정말 잘해보고 싶은데, 예쁜 모습만 보여주고 싶은데 마치 태어난 지 얼마 안 되어 언어에도 행동에도 서툰 아이처럼 그랬다. 잠도 쉽게 못 잤다. 그 사람이 조금 싸늘했던 날에는 이불의 부드러운 결조차도 따가워서, 이불 안에 가시가 있어, 진짜 가시가 있어, 그렇게 앓는 소리를 냈다. 그리고 그 사람이 조금이라도 내게 웃어 보인 날에는, 이불 안이 괜히 간지럽고 따뜻해서, 이불 안에 강아지가 있어, 작은 강아지가 숨어서 꼬물대고 있어, 이상한 소리를 내며 웃기도 하였다.

그리고 그건, 그러니까 새로 태어난 것만 같은 감각은, 비단 그 사람 앞에서만 살아나는 감각이 아니었다. 일상의 별것들이 다 새롭고 감동적으로 다가와서, 자꾸 수첩에 뭐를 적고 사랑에 관한 노래와 영화들에 탐욕스럽게 빠져들었다. 그렇게 온종일 아름답고 좋은 것들, 사랑을 닮은 것들만 찾아다니곤 했다.

그렇게 아기 같은 나날을 지내다가, 문득 저쪽에서도 나와 같은 속도로 걸어준다거나 손깍지를 끼워준다거나 하면, 그날의 장면은 몇 년이 지나도 잊히지 않을 정도로 기억 깊은 곳에 뿌리를 박곤 했다. 마치 달이 자신을 따라오는 것을 처음 눈치챘던 날처럼, 가만히 꽃구경을 하다가 나비가 손끝에 앉았던 어느 어린 날의 기억처럼 그렇게.

스무 살쯤의 그날에 나는 서울에서 사랑을 고백하고 있었다. 노인들이 둘 셋씩 드문드문 벤치에 앉아 있는 공원에서였다. 그 사람은 대답 대신 내 손을 어딘가로 잡아끌었고 나는 그때 낙원상가라는 곳이 있다는 걸 처음 알았다. 사장님, 피아노 좀 쳐봐도 되나요, 그 사람은 그렇게 묻고는 가만히 앉아 이름 모를 곡을 연주했다. 꽤 오랜 시간이 흐른 지금은 그 곡을 기억해낼 수 없다. 이름은 뭐였는지, 또 어떤 멜로디였었는지도. 다만 그 사람이 무언가를 연주했다는 것, 그 사실만 잿가루처럼 남아 있을 뿐이다. 하지만 어떤 기억은 또렷하지 않아도 괜찮다. 그저 그때 내가 사랑을 말했다는 것. 그 사람이 처음으로 내 손을 잡았다는 것. 듣는 사람도 연주하는 사람도 은은하게 웃고 있었다는 것. 그 가게엔 우리 둘뿐이었다는 것. 그날의 날씨는 온통 흐렸던 날들 한가운데서 숯처럼 폭죽처럼 쨍쨍했었다는 것. 거기에 우리가 있었다는 것만으로 나를 오래 웃게 했다.

눈 깜짝할 새에 십 년 남짓한 시간이 지났지만, 나는 여전히 카메라 앞에서든 마음에 둔 사람 앞에서든 뻣뻣하게 고장이 나버리는 사람이다. 매번 새로 태어나는 사람이다. 왜 그렇게 얼굴이 퀭하냐고, 어제 제대로 못 잤냐고 묻는 그 사람에게 이불 안에 가시가 있었어, 아니아니 작은 강아지가 있었어, 그렇게 의미심장한 대답만 할 줄 아는 사람이다.

그 사람과의 시간이 언제까지 허락됐는지는 누구도 알지 못하지만, 되도록 오래오래 새로 태어난 우리의 생일을 축하해준다면 좋겠다.

누군가가 다녀가는 순간들

과학적인 원리, 이미 알려진 이치만으로는 설명할 수 없는 사건들을 좋아한다. '세상에 이런 일이'나 그 옛날에 '이야기 속으로'에 나오곤 했던 초자연적이고도 초현실적인 이야기들. 그런 이야기들을 접할 때마다 설렌달까 안도하게 된달까, 나도 모르는 신비의 세계가 정말로 있기는 있을 거라고 생각했고, 언젠가는 나도 그런 사건을 겪을 수도 있다는 기대감에 잠을 못 잔 어린 날도 있었다.

누군가와 이런저런 대화를 나눌 때였다. 그는 영국 유학을 다녀왔다고 했다. 나는 와, 근사하네요, 라고 대답했다. 하지만 그는 고개를 저었다. 처음부터 좋았던 건 아니었다고. 낯선 환경과 지독한 향수병, 그리고 언어의 장벽 앞에서의 끝없이 무력해졌던 때가 있었다고.

일련의 사건 하나로 완전히 무너져 있던 어느 날, 그가 택시를 탔을 때였다. 중동계열의 택시 기사는 그를 힐끗 보더니, 얼굴이 좋지 않다며, 무슨 일이 있느냐고 물어왔다.

-얼굴이 되게 안 좋아요. 이름이 뭐예요?

-저는, 음, 원래 이름은 영어로 발음하기가 좀 힘들어서, 그냥 가운데 이름만 따서 'Ji'라고 부르시면 돼요.

-그래요, Ji. 무슨 일이 있는 건데요?

그는 자신도 모르게 그간의 일들을 하소연하듯 털어놓고는, '내가 너무 가치 없는 사람처럼 느껴져요.'라는 말을 덧붙였다. 그런데 갑자기 택시 기사가 이렇게 말하는 게 아닌가.

-절대 그렇지 않아요. Ji. 당신 이름이 제 고향에서는 얼마

나 귀하게 발음되는데요.

택시 기사는 'Ji'라는 말이 그의 나라에선 '네'라는 말 또는, '-님'으로 통하는, 존경과 높임의 말이라는 것을 알려주었다. 귀한 뜻을 지닌 말이라고.

순간 자신이 몹시 귀해지는 기분이 들었다고 했다. 전의 무력감은 온데간데없이 사라지고, 뭐든 할 수 있을 것만 같은 힘이 샘솟았단다. 그는 유학 생활의 수많은 기억 중 그 장면이 가장 강렬하게 남았다고 했다. 그 택시 기사와의 대화가 없었다면 결국 버티지 못하고 한국으로 돌아와버렸을 거라고.

"그래서 저는 그런 생각도 했어요. 그 택시 기사 사실은, 신적인 존재가 아니었을까 하고요. 왜, 어떤 나라의 신은 장발에 수염 난 백인 남성이 아닐 수도 있잖아요. 신적인 존재가 택시 기사의 탈을 쓰고 내게 힘을 주고 간 게 아닐까 하고요. 웃기죠."

웃기기는, 천만에요, 저도 그런 적이 있었는걸요. 나는 나의 신비로운 경험을 그에게 들려주었다. 다 포기하고 싶었던 와중에 비까지 내리던 청소년기의 어느 날, 온몸으로 고스란히 비를 맞으며 횡단보도 앞에 서 있는데 누군가가 우산을 씌워 줬다는 이야기. 한 번도 만나본 적 없었던 그 사람, 온통 흰 옷을 입고 있던 그 사람이 신호를 기다리는 그 짧은 시간 동안 우산을 씌워준 게 전부였는데, 이상하게 그날 이후로 다시 힘을 낼 수 있게 됐었다는 이야기. 나는 그 이야기를 들려준 다음에, 그에게 마찬가지로 똑같이 말했다. 어쩌면 정말, 신이 그런 식으로 왔다 가는 순간들이 있는 게 아닐까요. 하고.

나는 아직도 가끔 '산타가 정말로 있을지도 몰라'라는 생각을 종종 하는, 다소 허무맹랑한 사람이기 때문에, 그 대화를 할 때만큼은 아이의 눈망울이 되어 흠뻑 몰입할 수 있었다. 그들은 누구였을까? 정말로 보통의 택시 기사와 우산을 쓴 사람이었을까? 아니면 정말로 신적인 존재들이었을까? 정말이라면 왜 우리 곁에 왔다 갔던 걸까? 너무 힘들어하고 있으니까 힘내라고 왔다 간 걸까?

아니면, 조금 김빠지지만, 그저 우연이었을지도 모른다, 지나가던 사람이 별생각 없이 베푼 호의였던 건지도 모른다. 다만 그를 받아들인 사람이, 그러니까 영국에 다녀온 그와 내가,

그 사건으로부터 신비로울 정도로 커다란 힘을 얻어냈던 건지도 모른다. 지금 내가 너무 힘이 드니까, 무엇으로부터라도 최고의 응원과 위로를 뽑아내려고 애썼던 건지도 모르는 거다. 다르게 말하면 가장 커다란 아군은 다른 누구도 아닌 내 안에 잠들어 있는 나일 것이라는 말이다. 그렇게 생각하면 조금 무섭기도 우습기도 하다. 그저 가벼운 호의를 베풀었을 뿐인데, 누군가는 그 한 번의 호의로 삶을 다시 살아갈 힘을 얻기도 한다는 게. 나는 이런 생각을 할 때마다 입을 매만지게 된다. 그동안 나는 얼마나 가볍게 나쁜 말을 뱉었고 또 얼마나 자주 소소한 호의들을 건넸었던가. 그리하여 얼마나 많은 사람을 무너뜨렸고 또다시 일으켜 세웠던가.

우리는 궁지에 몰리면 별걸 다 아프게 받아들이기도 하지만, 살기 위해서 또 별걸 다 절실하게, 고맙게 받아들이기도 한다. 그리고 그건 다 살고 싶어서 그러는 것일 것이다. 주변을 보면 무언가에 맹목적으로 매달리거나 그것들로부터 하나하나 의미를 찾아내려고 애쓰는 사람들이 종종 보인다. 그리고 조금 더 자세히 들여다보면 그 사람들은 각각 나름의 아픔과 절실함을 갖고 있다. 아주 작은 호의를 베풀어볼까. 그게 누군가에겐 파도처럼 산처럼 크게 다가갈지도 모르는 거니까. 어쩌면 다 꺼져가는 촛불을 되살리는 일이 될지도 모르니까.

행복의 방법

종종 마음 맞는 동료와 호텔 드나드는 것을 즐긴다.

호텔에 가서 특별히 뭘 하느냐고 묻는다면 글쎄, 딱히 하는 일은 없다. 그냥 평소에 하던 것을 할 뿐이다. 시답잖은 농담을 주고받는다거나 영화를 본다거나 술을 마신다거나. 다만 평소보다는 조금 더 주변의 방해를 받지 않을 수 있어서, 더 마음껏 그것들을 즐길 수 있어서 찾는 거겠지.

친구와 나는 입맛도 영화 취향도, 웃음의 코드도 다 비슷했지만, 그만큼이나 다른 것도 많았다. 친구는 원하는 것이 생기면 앞뒤 보지 않고 일단은 움직이는 편이었고 나는 그걸 갖기 위해선 어떻게 해야 하는지, 과연 가질 수 있는지, 가져도 되는 건지를 한참을 고민하다가 움직이는 편이었다. 그 친구는 신기할 정도로 걱정이 없는 사람이었고 나는 신기할 정도로 걱정이 많은 사람이었다.

차이점은 호텔에서도 극명하게 드러났다. 체크아웃을 할 때가 그랬다. 체크아웃 시간이 열두 시라면, 그 친구는 열한 시 사십 분까지 잠을 잤고 나는 열 시부터 일어나 씻고 짐을 싸두곤 했다. 조금 더 쉬는 건 그 뒤에 결정해야 할 일이었다.

언젠가 그 친구와 그에 대해 이야기한 적도 있었다. 설전까진 아니었고, 다만 어떻게 하면 그럴 수 있는지, 서로를 이해하지 못하겠다는 말들을 주고받은 거였다. 한쪽은 넉넉히 자다가 일어나서도 충분히 문제없이 나갈 수 있는데 왜 일찍부터 호들갑이냐는 입장이었고, 다른 한쪽은 어떤 변수가 생길지 모르는데 조금 미리미리 준비를 해두는 게 좋지 않겠느냐는 입장이었다. 결국 대화는 누군가의 옳고 그름이 정해지지 않은 채로 마무리 지어졌지만, 나는 그 이후로도 호텔에 갈 일이 있으면, 그 친구와 함께 간 게 아니었더라도 그것에 대해 꽤 진지하게 고민하곤 했다. 알람을 못 듣는다거나 따뜻한 물이 안 나온다거나와 같은 것을 걱정하느라 충분한 잠을 못 잔다는 건, 그래서 남보다 일찍 일어나서 부지런히 움직인다는 건, 그만큼이나 호텔을 즐기지 못하는 일일까? 손해를 보는 일일까?

하지만 내가 호텔을 드나들었던 매순간을 떠올려보면, 그래도 다행이었던 것은, 그 친구와 나의 컨디션이 늘 비슷했다는 거였다. 그 친구는 한 시간이라도 더 푹 잘 수 있었기에, 나는 조금이라도 더 마음 편하게 준비를 마치고 차나 커피를 한 잔 마실 수 있었기에 각자가 각자의 이유로 개운하게 하루를 시작할 수 있었던 거다.

어쩌면 삶을 살다보면 마주하게 되는 수많은 장면에서도 우리는 이와 비슷한 방식으로 나름의 결정을 할 것이다. 한 사람은 최대한 즐기는 방식으로, 조금이라도 무언가를 누리는 방식으로. 그리고 또 한 사람은 조금은 긴장을 놓지 않는 방식으로, 조금이라도 완벽한 상태에서 오는 여유를 만끽하는 방식으로 말이다. 그리고 그 모든 결정들은 각자가 되돌아봤을 때에도 절대 후회하지 않을, '내가 할 수 있는 최선의 결정들'이었을 것이다.

나는 여전히 체크아웃 시간이 두 시간 앞으로 다가오면 알아서 눈을 뜨는 사람이다. 아주 조금 피곤하더라도 눈을 비비고는 샤워를 하고, 차를 내려 마시는 사람이다. 그리곤 그러길 잘했다고 생각하는 사람이다. 나는 매번 그런 루틴을 반복하는 내가 이제는 싫지 않다.

그러니 앞으로는 나의 결정을 의심하지 않기로. 타인의 행복의 방법을 내 삶에 무조건적으로 덧씌우지는 않기로 한다. 내가 행복할 수 있는 나만의 순서를 믿어보기로 한다.

낯선 사람에게

나는 아파도 슬퍼도 웬만해선 울지 않는 사람이었다.

속으로만 침을 삼키곤 했다. 그때마다 침에 눈물이 섞여 넘어가서 매운 맛이 났다. 하지만 본인의 삶에 애틋하지 않은 사람이 과연 있을까. 아무리 속으로 아픈 걸 삼키는 나였어도, 내 하루하루가 너무 고되거나 내가 보기에도 스스로가 너무 불쌍할 때가 있기는 있었다.

그때마다 내가 했던 건 종이나 모니터 앞에서 조금 솔직해지는 일이었다. 사람에게는 아픈 내색을 하지 않았지만 종이와 화면에게는, 그것들이 오히려 성의 없는 위로조차 주지 않아서 더 솔직할 수 있었다. 그런다고 고민의 원인이 사라지거나 하는 건 아니었지만, 화를 내듯 뭔가를 적고 나면 어느 정도 후련해지는 것은 있었다. 조금은 창피하지만, 나의 쓰기는 좋은 걸 나누기 위해서라기보단 그저 나 좀 괜찮아지자고 하는 일이었던 거다. 그러다보니 간혹 잘 읽었다는 말, 고맙다는 말을 들을 때는 조금 얼떨떨한 느낌이 든다. 한밤중에 방에서 불을 켜놓고 막춤을 추는데, 별안간 바깥에서 박수소리가 들려오는 기분이랄까. 한 번은 누군가가 이런 메시지를 건네왔다.

"세상에 이런 생각을 하고 사는 사람이 또 있다는 사실 하나만으로도 잔잔하고 따뜻한 위로가 되네요. 그대로 품어두지 않고 이렇게 글로 풀어내 주셔서, 계속 이런 사람으로 살아갈 힘이 생겨서 작가님께 너무 감사해요."

마찬가지로 얼떨떨한 기분이었다. 나는 나 좀 살자고 그런 건데 그게 너무 감사하다니. 앞으로 자신도 계속 자신으로 살아갈 수 있을 것 같다니. 나는 한밤중의 방구석 댄서를 넘어서서, 막춤을 추고 있는 와중에 난데없이 트로피가 방으로 날아 들어온 것만 같은 기분이 됐다.

지금 생각해보면 지극히 당연한 일이 아니었나 싶다. 애초에 나 같은 사람이 한 명도 없을 거라고 생각한 것 자체가 좀 오만했던 거다. 건강한 방식으로 스트레스를 해소하는 사람, 걱정이 아예 없는 사람도 많겠지만, 나와 비슷한 사고방식과 분위기를 지닌 사람도 곳곳에 있었을 텐데.

요코미조 시즈카라는 사진작가가 있다. 나는 그의 작품들 중 〈Stranger〉라는 이름의 작품 시리즈를 특히 좋아한다. 구성은 단순하다. 배우도 모델도 아닌 그저 일반인들이 창밖에 있는 카메라를 방 안에서 응시하고 있는 사진들이다.

'당신이 방 안에 서 있는 모습을 집 밖에서 촬영하고 싶습니다. 창문 앞에 카메라를 세팅할 것입니다. 만약 촬영을 허락한다면, N월 N일 N시에 방 안에 서서 창문을 통해 카메라를 10분 정도 응시해 주세요.'

맨 처음 그의 작품을 봤던 순간을 잊지 못한다. 모르는 사람이 카메라를 응시하고 있을 뿐인데 왜 안도감이 드는 건지. 이 평화로움은 어디에서 온 건지.

어딘가에 누군가가 있다는 것. 그걸 알게 되는 것만으로 세상은 얼마나 따뜻하고 덜 외롭게 되는가. 나와 닮은 사람, 나와 비슷한 감정을 느끼는 사람이 어딘가엔 분명히 있다고 생각하게 되면, 무척이나 마음이 따뜻해진다. 계속 살아도 괜찮을 것만 같다.

내 삶이 애틋하고 불쌍할수록 나는 더 잘 살아야겠다. 삶이라는 건 시꺼먼 와중에서도 서로를 더듬으면서, 아, 당신이 거기에 있었구나 하는 방식으로 버텨가는 게 아닌가 싶으니까. 나와 비슷한 사람들이 나를 보고 조금이라도 위안을 얻기를, 괜찮아지리란 희망을 품기를 기도한다.

안절부절

-오늘은 아주 조금만 자고 일어나서 새벽부터 작업실로 가볼까 해.

-왜? 그때 글이 잘 써져?

-아니 그냥, 집에서도 하긴 하는데 자꾸 불안해서. 가서 하면 좀 나을까 싶어서.

언젠가 써야 할 글이 밀렸을 때 동료와 나눴던 메시지들이다. 동료는 내 말을 듣고는 '정말 안절부절못하는구나'라고 메시지를 보내왔다. 나는 '아니거든'이라고 잡아뗐지만, 사실은 그가 본 게 맞았다. 나는 그 어느 때보다도 안절부절못하고 있었다. 일이 몰려 있거나 중요한 발표를 기다릴 때면 늘 그랬다. 괜히 거실을 빙글빙글 돈다거나 새벽부터 열지도 않은 건물 앞에 미리 가서 발을 동동거리곤 했다. 분주히 뭐를 하고 있긴 한데 눈에 보이는 결과물은 없고, 그게 쓸데없는 움직임들이라는 걸 알고는 있다고 해도 그렇다고 아예 가만히 있을 수는 없었던, 그 이러지도 저러지도 못했던 나날들.

지금 하는 일이 이렇다 할 효과도, 눈에 보이는 변화도 갖다주지 않을 게 뻔한데 그걸 도저히 놓지는 못하는 사람들이 있다. 어느 밤에 동료와 대화를 나누던 내가 그랬고, 제발 내가, 또 내게 소중한 누군가가 무언가를 잘 해내기를 기도하는 사람들이 그랬다. 매년 수능 날마다 교문에 엿을 붙이고 매달려 기도를 올리는 어머니들을 볼 때도 비슷한 생각을 한다. 저렇게 기도를 올린다고 해서 안에서 시험을 치고 있는 자제분의 머릿속에 번호가 스친다거나 하진 않을 텐데. 하지만 그렇게 생각하면서도, 또 그렇다고 저분들의 마음을 완전히 모른다고만 할 수도 없는 노릇인 것이다. 그만큼이나 간절한 마음인 거겠지. 뭐 하나라도 더 거들 수밖에 없는 마음인 거겠지 하고.

그런 마음들, 불안해서 뭐라도 하면 괜찮아질까 생각하는 그런 여리고 귀엽고 착하고 사랑스러운 마음들을 좋아한다. 원래부터 그랬다. 여린 사람들을 좋아했다. 멋있거나 군더더기 없는 맛은 부족할지 몰라도, 그 순박하고도 솔직한 마음 앞에만 서면 나도 덩달아 뭔가를 자꾸 바라게 됐다.

물론 누군가는 그것들을 보고 다 소용없다고 말하거나 괜한 수고라고, 부질없다고 말할 수도 있다. 그래, 그런다고 나아지는 것은 정말로 아무것도 없을지도 모른다. 하지만 누가 감히 그걸 막을 수 있을까? 한 사람의 간절한 바람을 함부로 대할 수 있는 타인은 어디에도 없고 있어서도 안 된다.

그리고 때로는, 정말로 그런 사람들이 무언가를 기어코 해내서 박수를 받는 일이 정말로 일어나기도 한다. 이를테면 골을 넣겠다는 일념 하나로 운동장을 내내 뛰어다니는 축구선수의 경우가 그렇다. 타고난 신체능력도, 독창적인 움직임도 없지만, '반드시 골을 넣겠다'라는 생각으로 분주하게 뛰어다니는 선수의 발 앞에는 반드시 한 번은 공이 굴러들어온다. 수비

수에 맞거나 골키퍼의 손에 맞아 튀어나온 공, 다른 어떤 선수도 예상하지 못했고 그를 봤다 하더라도 차마 반응하지 못하는 주인 없는 공 말이다. 그리고 골을 누구보다도 간절히 원했던 선수는, 그 공을 기다렸다는 듯이 찰 줄 안다. 그래서 결국의 결국에는 경기의 주인공이 된다.

나는 늘 사람들의 마음은 제각각 다른 모습을 갖고 있을 거라고 생각해왔다. 완벽한 구의 모양도, 계란형, 원통형의 마음도 있을 거라고 말이다. 그리고 제각각 다른 그것들의 모양과 움직임으로 삶이라는 트랙 위를 굴러가는 것이라고.

내가 앞서 말한 사람들, 안절부절못하는 사람들의 마음은, 삐죽삐죽, 민들레처럼 많은 요철을 지녔을 거라고 생각했다. 겉으로 보기엔 편안하지도 완만하지도 못하지만, 매끄럽게 굴러가지도 못하지만, 그래서 쉬운 날이 없지만, 때로는 깊고 좁게 파인 땅에 숨어 있던 기회와 행복의 씨앗들을 남들보다 더 잘 찾아내고 손에 넣을 수도 있을 거라고. 성실한 축구선수들이 기어코 골을 넣곤 하듯이 말이다.

너무 자주 불안에 휩싸이는 사람들, 잘하고 싶은 일을 정말로 잘하고 싶어서 매일 밤 발을 동동 구르는 사람들에게 말해주고 싶다. 나도 그 마음을 안다고. 아직도 그런다고. 하지만 그런 자신의 모습을 너무 미워할 필요는 없는 것 같다고. 그렇게 시도 때도 없이 바라다 보면, 결국에는 곳곳의 좋은 것들을 다 얻게 되리라고.

수상소감

가끔 유튜브에서 배우들의 수상소감을 찾아서 보곤 한다. 그만큼이나 한 사람의 노력과 재능이 응축되어 빛나는 순간도 없다고 생각하기 때문이다. 나는 그중에서도 오정세 배우와 곽도원 배우의 수상소감을 좋아한다.

"지금까지 100편이 넘는 작업을 해왔습니다. 어떤 작품은 성공하기도 하고 또 어떤 작품은 심하게 망하기도 하고, 또 어쩌다 보니까 이렇게 좋은 상까지 받는 작품도 있네요. 100편 다 결과가 다르다는 건 신기한 것 같습니다. 제 개인적으로는 그 100편 다 똑같은 마음으로 똑같이 열심히 했거든요. 돌이켜 생각해보면 제가 잘해서 결과가 좋았던 것도 아니고 제가 못해서 망한 것도 아니라는 생각이 들더라고요. 세상에는 참 열심히 사는 보통 사람들이 많은 것 같습니다. 그런 걸 보면 세상은 참 불공평하다는 생각이 듭니다. 꿋꿋이, 열심히 자기 일을 하는 많은 사람들에게 똑같은 결과가 주어지는 건 아니니까요. 그럼에도 불구하고 실망하거나 지치지 마시고 포기하지 마시고 그 일을 계속하셨으면 좋겠습니다. 그냥, 계속하다 보면, 평소와 똑같이 했는데 그동안 받지 못했던 위로와 보상이 여러분들을 찾아오게 될 것입니다."

〈동백꽃 필 무렵〉으로 제56회 백상예술대상에서 남자 조연상을 받은 오정세 배우의 수상소감이다. 그리고 다음으로 소개할 것은 〈곡성〉으로 2016 대한민국 톱스타상에서 톱스타상을 수상한 곽도원 배우의 수상소감이다.

"스무 살에 처음 연극 할 때 단원이 열다섯 명이었는데, 거기 형 누나들이 다 반대했어요. 넌 내성적이라 안 된다고. 그

땐 정말 연습시키면 막 울고 그랬었는데, 그 형들 다 그만두고 저 혼자 배우하고 있거든요. 조금 아까 장애가 있는 친구들이 무대 한 것 봤습니다. 짠했습니다. 저도 장애가 있거든요. 한쪽 귀가 안 들려요. 말귀도 못 알아듣고 지금처럼 말도 더듬죠. 그런데 얘들아. 포기하지 않고 꿈꾸니까 이루어지더라. 포기하지 않고 열심히 살면 좋을 것 같아. 이렇게 뚱뚱하고 이렇게 생긴 나 같은 사람도 주인공 해서 상 받는다. 열심히 해라."

나는 이러한 수상소감들을 보고 들으면서, 매번 '저 무대 위에 내가 있었다면'을 생각하곤 했다. 내가 뭔가를 해내서 그 밤의 주인공이 된다면, 나는 또 어떤 멋진 말로 축하를 받아들이고, 또 사람들에게 감사를, 위로를 건넬 수 있을까.

엄청나게 대단하게까진 아니더라도, 내가 평소보다는 빛났던 순간은 언제였을까. 나의 크고 작은 성공들을 추억해본다. 첫 책을 냈을 때, 내 책이 베스트셀러 차트에 올랐을 때, 신문에 이름을 실었을 때, 행사를 하고 사람들의 사랑을 피부로 느꼈을 때…. 그렇게 하나둘씩 떠올리다 보니, 그것들 사이에는 한 가지 공통점이 있었다. 배우들의 수상소감을 볼 때도 느껴졌던 그 한 가지. 바로 요행을 바라지 않고 열심히 불태웠다는 것. 그래서 몇 배로 더 기뻐할 수 있었다는 것. 어쩌면 내가 일확천금과 운이라는 낱말을 그다지 좋아하지 않는 것도 그런 이유에서일지도 모른다. 내가 내 성공 앞에서 떳떳할 수 있었으면 해서.

한편으론 내심 아쉽기도 했다. 내가 그간 이룬 크고 작은 성공들 앞에서 수상소감이랄지 그에 준하는 감회를 말할 수 있는 순간은 딱히 없었으니까. 그리고 그건 그만큼이나 거대하고 확실한 성공까진 아직 거두지 못했다는 말이 되기도 할 테니까.

그래서 조금은 부끄럽지만, 시상식과 같은 축하와 감사가 오가는 자리에 서게 될 때를 대비해서 준비해둔 말이 한마디 있다. 바로 "언젠가 이런 순간이 올 줄 알았습니다."라는 말이다. 정말 고생이 많았고 무시도 많이 받았지만, 나 자신을 끝까지 믿고 포기하지 않다 보면 결국엔 내가 이토록 주목받는 때가 올 것이라고 믿고 있었다고. 그렇게 기쁜 눈물을 흘리면서 말문을 열고 싶다.

배우들의 수상소감처럼, 그리고 나의 바람처럼, 열심히 하는 사람들, 자신을 믿는 사람들, 가끔 믿기 힘들어질 때도 간절함 하나로 밀고 나가는 사람들이 잘 됐으면 좋겠다.

그러니 아직 성공은 보이지 않고 앞길은 막막하지만, 우리 모두 조금 더 힘내보기를. 잘 될 거라며 서로를 응원해주기도 하기를. 언젠간 당신의 이름이 새겨진 트로피가 반짝일 테니.

당신에게 좋은 일이 있을 것입니다

오늘 아침에는 알람 소리 없이 잠에서 깼어. 원래는 일곱 시에 일어나야 했는데, 일곱 시의 알람을 듣지 못하고 무려 한 시간 반이나 더 자버린 거야. 같이 일하는 사람들에게 미안하다고 문자를 돌리고 부랴부랴 씻고 옷을 입었어. 얼마나 정신이 없었으면 양말까지 거꾸로 신을 뻔한 거 있지.

지하 주차장에 내려와 조수석에 가방을 놓고 문을 닫는데,

그때 문득 보이지 않던 게 보이는 거야. 바빠 죽겠는데, 말로만 듣던 그 문콕을 하필 오늘 당한 거지. 안 그래도 하얀 차에, 안 그래도 며칠 전에 세차를 하니까, 그 작디작은 흠집이 그렇게 크게 보일 수가 없더라. 블랙박스를 뒤지고 주차장 CCTV를 다 뒤져서라도 범인을 잡아내고 싶었지만, 당장 마음이 너무 급해서 짧게 욕을 뱉고는 차에 탔어.

예상 도착 시간이 평소보다 30분은 더 찍혀 있었어. 그 시간대에 출발하는 건 오랜만이었으니까, 늦잠을 잔 내 탓이겠거니 하고, 반쯤 포기한 상태로 차를 몰았어.

끔찍하게도 막히더라, 알고 보니 저 앞에서는 공사가 한창이었고, 그보다 앞에서는 좀 커다란 사고가 난 모양이었어. 늦잠에 문콕에 정체에, 아침부터 뭐 하나 마음대로 되는 게 없군, 나는 그렇게 한 번을 웃지 않고 계속 앞만 노려보고 있었어.

그렇게 앞만 보다가, 무슨 바람이 불었을까, 갑자기 옆을 보고 싶은 거야. 옆에도 마찬가지로 차들로 꽉꽉 막혀 있을 게 뻔했는데 왜 그런 마음이 생겼던 걸까, 아직도 신기하긴 한데. 나는 어차피 차도 멈춰 있으니 천천히 고개를 돌려 오른쪽을 봤어.

‘당신에게 좋은 일이 있을 것입니다.’

오래된 트럭의 문에, 스티커로, 또 촌스러운 폰트로, 이 문장이 적혀 있었어.

어쩐지 웃음이 나더라. 되게 오래된 트럭에 아무렇게나 적힌 그 말에, 어쩌면 ‘아무에게나 하는 아무 말’일 수도 있을 그 말에 나도 모르게 스르르 인상을 풀어버렸으니까. 그 뒤로는 마법같이 도로가 뚫려서, 나는 처음 안내받았던 시간보다 이십 분쯤 더 빨리 사무실에 도착할 수 있었어.

오늘의 업무는 별로 순조롭지 못했어. 해야 할 일은 많은데 몸도 머리도 말을 듣지 않아서, 또 사람들끼리의 손발도 맞지 않아서 여러모로 삐걱댔던 것 같아. 결국 평소보다도 한 시간 정도를 더 일해야 했지.

그런데 그때마다 나도 모르게 속삭이고 있는 거야. 좋은 일이 있을 거야. 좋은 일이 있을 거야. 그렇게. 같이 일하는 사람들은 자꾸 비웃었지. 그게 무슨 소리냐고. 자꾸 왜 혼잣말하냐고. 나도 모르겠다고 했어. 저 혼자 말이 자꾸 튀어나오는데 어떡해. 어지간히 그 트럭이 인상 깊긴 했나봐. 그래도 정말 좋은 일이 생긴 건 아니지만, 그런대로 그 말이 오늘의 순간순간을 가까스로 넘어낼 수 있게 해준 거 같아. 무턱대고 좋은 일이 생길 거라고 속삭이는 일이 말이야.

그럼 어제는 좋은 하루였냐고? 글쎄.

어제는 온종일 무기력했어. 왜 그런지는 나도 잘 몰라. 같이 해야 하는 일보단 혼자 해야 할 일이 좀 많은 날이었어서, 온종일 집에만 있었거든. 응, 맞아. 자꾸 집에만 있으니까 축축 처지는 거야. 책상 바로 뒤에 침대가 있으니까, 자꾸 일하다 말고 다이빙이나 하고 있고. 그러다가 나는 뭐 하나 속 시원하게 하는 법이 없는 사람이라고 자책하고. 잘하고 있는 게 맞나 의심이나 하게 되고 말이야. 어쩌면 오늘 아침에 내가 늦잠을 자버린 것도, 어제의 일을 미루고 미루다 밤늦게까지 해서였을지도, 그리고 누워서도 괜히 심란한 마음에 뒤척여서였을지도 몰라.

그런데 오늘 핸드폰을 여니까 그런 메시지가 한 통 와 있더라. 고맙게도 계속 내 일을 응원해주고 계신 분이 보낸 메시지였어.

'안녕하세요, 작가님! 작가님 글을 고3 수험생 때 처음 읽었는데, 벌써 스물넷이라는 나이의 여름도 끝나가고 있어요. 작가님 글을 통해 위로받던 어린아이는 무럭무럭 성장해 나라를 지키는 장교가 되었답니다. 오늘은 작가님의 새로운 연재물을 받는 날이자 부끄럽지만 제 생일이기도 해요. 누군가에게 제 생일을 말한다는 게 낯간지럽기도 하지만, 그저 스쳐 가는 하루에도 누군가는 작가님을 통해서 힘을 얻는다는 것을 알려드리고 싶어요. 작가님 글을 통해 사랑의 표현을 배우고 애정 어린 말을 할 수 있게 된 것 같아요. 비록 첫 연재 날, 근무 때문에 바로 읽지는 못하겠지만, 제 마음대로 생일선물로 여겨도 될까요? 앞으로 더욱 깊어졌으면 좋겠습니다. 늘 애정합니다!'

글쎄, 이 메시지를 읽고 오늘 아침의 피로가 완전히 다 풀렸다거나 감동의 눈물을 흘렸던 건 아니야. 그래도 적어도, 어제의 무기력감과 의심은 온데간데없이 사라지고 없더라. 오년이라는 시간 동안 내 일로 위로를 받았다잖아. 아직도 내가 적어낸 것들로 힘을 얻고 있다잖아. 사랑을 말할 줄 알게 됐다잖아. 적어도 한 사람은, 어딘가에서 살아 숨 쉬고 있는 한 사람은 그만큼이나 나를, 내 일을 응원해주고 있다는 거잖아. 잘

하고 있다고 말해주고 있다는 거잖아. 그런데 어떻게 다시 자책을 하고, 낙담하고, 무기력한 표정을 짓고 있을 수 있겠어.

오늘은 정말 대단히 좋지는 않은 하루였어. 그건 어제도 그랬지.

하지만 오늘 아침에 받은 메시지는, 그리고 낡은 트럭에 적혀 있던 한마디는 내게 뭔가 대단한 가르침을 준 것 같아. 말에는 은근한 힘이 있다는 것 말이야. 마법 같은 힘은 물론 아니지만, 불운이 가득한 하루를 버티게 해준 것도 말 한마디였고, 무기력한 하루를 잊게 해준 것도 한 통의 메시지였으니까.

말은 비싸지 않은 선물, 가장 빠르게 건넬 수 있는 선물이니까, 가급적이면 좋은 말을 입에 달고 다니는 사람으로 살고 싶어. 나는 가벼운 마음으로 건넨 응원과 농담이 누구에겐 정말로 커다란 선물, 오늘을 버티게 할 밥이 될지도 모르는 일이니까.

너의 오늘은 어땠어? 나만큼이나 별로였을지도 모르겠다. 너랑 나는 은근히 비슷한 것들을 겪곤 했으니까. 깊숙이 물어보진 않을게. 고생 많았어. 트럭에 적혀 있었던 말, 너한테도

선물해줄게.

당신에게도 좋은 일이 있을 것입니다.

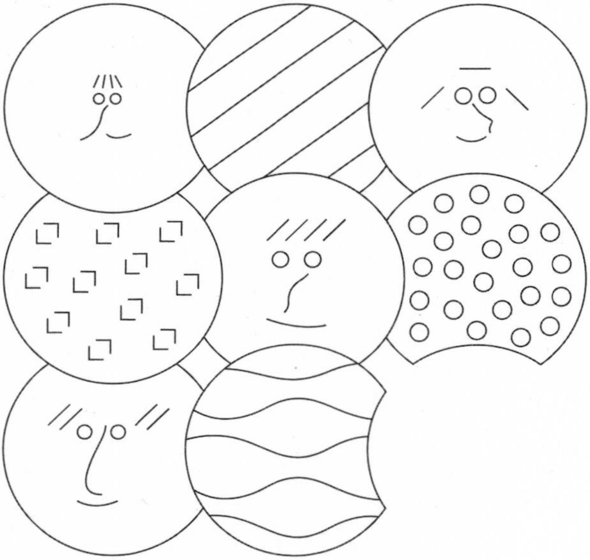

당신에게 좋은 일이 있을 것입니다

초판 1쇄 발행 • 2021년 12월 15일

지은이 • 오휘명
마케팅 • 박근호 김은비
조판 • 유서희
디자인 • 유서희
펴낸이 • 박근호
펴낸곳 • 도서출판 히읏
출판등록 • 2020년 4월 28일 제 2020-000109호
주소 • 03961 서울특별시 마포구 월드컵로 31길 29 2층
전자우편 • heeeutbooks@naver.com

ISBN • 979-11-970875-5-4 (03810)